소녀들은
참지 않아

설재인 지음

프롤로그

———

우리는 학교를 항문중학교라 부르곤 했다. '항만'이라는 글자가 음각으로 새겨진 배지를 칼로 긁어 '항문'으로 바꾼후 다시 다는 일도 잦았다. 눈여겨보지 않으면 잘 알아채기 힘들었지만, 한 번 걸리면 수업 두 개 정도는 날려 먹은 채교장에게 불려가 끝없는 잔소리 폭탄을 맞아야 했다. 그래도 애들은 항만을 항문으로 바꾸길 멈추지 않았다. 갑자기어디선가 날아오는 섬광에 눈이 시릴 때만 슬쩍 가슴팍을 문지르는 척하며 배지를 가리면 안전했으니까. 깨끗한 대머리가 빛을 잘 반사했기 때문에 교장은 너무 발각되기 쉬운, 들판의 흰토끼 같은 존재였다.

항만중학교를 항문중으로 부르는 걸 애들보다 더 좋아하

는 어른이 한 명 있었다. 2학년 여자반 담임을 맡은 여자 선생님이다. 담당 교과는 국어. 즐겨 입는 옷은 전국의 온라인 빈티지 마켓을 뒤져서 구한 유니크 아이템들이고, 가끔 무신사 앱을 이용해 사 입기도 한다. 가방 브랜드는 프라이탁. 옴브레 염색을 한 중단발 머리를 귀 뒤에 꽂고 다닌다. 출근은 자전거로 하고, 메이크업을 따로 하지 않아 주근깨가 콧등에 비치는데 다들 귀엽다고 난리다. 눈구멍이 크고 쑥 들어가 있어서 얼굴에 저절로 음영이 지니 밋밋하지 않고 활기 있어 보인다. 쌤이 복도를 팔랑팔랑 걸을 땐 아주 시원한 남자 향수 냄새가 나는데, 그 뒤를 머리 짧은 여자애 서너 명이 졸졸 따르며 뭐라 쫑알거리는 게 예사다. 그러면 쌤은 고개를 젖히며 이를 다 드러내고 껄껄 웃는다. 그렇게 보여 주는 이가 참 하얗고, 가지런하고, 많다. 그런 쌤이 있다.

그 쌤은 우리 엄마다.

그리고 애들은 그 사실을 부러워한다. 드문 일이다. 자기가 다니는 학교에서 엄마가 교사로 근무한다면 아무래도 재난 수준의 일 아닌가. 그런데 엄마는 그런 보편적인 인식의 틀에 갇히기에는 너무나도 멋지고, 힙하고, 인기가 많은 사람이다.

20대 초임 교사보다, 정장을 입고 기대에 찬 눈빛으로 종종걸음 하는 순진한 교생들보다 더 사랑받는 마흔 살의 힙스터, '언니', 주은희 씨.

나, 열다섯 살, 사춘기 방황 한 번 없이 평탄하고 즐겁게, 청소년 드라마 같은 하루하루를 보내며 주은희 씨를 진짜 진짜 사랑하던 귀여운 딸 장명하는 이제 나의 두 손으로 주은희 씨에게 아물지 못할 상처를 주려 한다.

항문중…… 아니, 항만중학교 역시 함께 들썩거리다 와르르 무너질지도 모를 일이다.

1부

01

———

항만중학교 학생들은 이틀간의 축제를 위해 한 해를 산다 표현해도 과언은 아닐 인생을 대물림합니다. 피 끓는 중학생에게 항만시는 너무나 좁고 조용하고 외진 도시인 건 분명해요. 도시 한가운데를 흐르는 아름다운 강이 있긴 하지만 인간들이 눈여겨볼 거라곤 그게 다고, 서울에서는 고속버스로 편도 네 시간이 걸리며, 주요 기차 노선에서 살짝 비껴 있어 기차역에는 기차가 겨우 하루 네 번만 다니니 인간은커녕 바퀴벌레조차 역사에 잘 드나들지 않죠. 택배는 하루 만에 오는 일이 없어요. 전국 어디서나 아침에 책을 시키면 잠들기 전 머리맡에 배달해 주겠다며 떵떵대던 인터넷 서점들도, 항만시의 위용 앞에서는 슬그머니 꼬리를 내

리곤 합니다. 그들의 잘못이 아니라, 항만시까지 도달하는 모든 교통수단을 고려해 봤을 때 당일 배송이란 도저히 불가능한 일이긴 해요.

이 얘길 하면 서울에 사는 인간 아이들은 진짜 깜짝 놀랄 텐데, 항만시에는 이제 중학교가 하나밖에 남지 않았습니다. 남녀 공학인 항만중. 아이들의 수가 너무 크게 줄어서지요. 인문계 고등학교도 두 군데밖에 없어요. 남고인 항만고, 여고인 항만여. 나머지 고등학교는 특성화고이며 그마저도 인원이 없어 폐교할 판입니다. 인간 할아버지들의 어휘로 표현하자면 '서울 갈 머슴아들' '서울 갈 지지배들' '이도 저도 아닌 애새끼들' 그리고 '우리 항만시의 미래를 짊어질 일꾼이자 미래의 청년회장 및 부녀회장' 이렇게 달라지는 삶의 갈림길이 고등학교부터 나뉜다고, 항만시의 어른들은 굳게 믿습니다.

어떤 어른들은 평생을 겨우 그 정도로밖에 생각하지 못하며 살기도 해요!

어쨌든 탈것으로 편히 오가는 인간들에게조차 항만시가 그렇게 외진 동네이니, 믿을 게 날개뿐인 우리에게 당연히 서울은 무지 먼 곳입니다. 물론 정말 마음먹고 서울에 다녀오는 애들이 있긴 있어요. 어떤 독한 인간들이 두 다리로 국토 종주를 하는 것처럼, 우리 중에서도 약간 이상하게 파이팅 넘치는 애들이 서울에 펄럭펄럭 다녀오고는 합니다. 다녀오면 한 닷새 간 날갯죽지가 몹시 뻐근하다고 투덜대긴 하지만 그래도 새로운 인간들과 드높게 번쩍거리는 타워 따위를 보며 콧바람을 쐬고 나면 기분이 한결 나아진다고 걔들은 말하죠. 저는 딱 한 번 가 봤는데 다시는 안 갈 작정입니다. 엄청 힘이 들었던 데다가 투명한 유리 벽이 너무 무서웠거든요. 저는 친구들이 서울 갈 때마다 투명한 유리 벽을 조심하라고, 박치기해서 이른 초상 치르는 일 없게 주의하라고 신신당부합니다. 아직까지 다행히 주변에서 그런 비극이 일어난 적은 없지만요.

몇 년 전부터였나, 서울 다녀온 애들이 신선한 소식을 전해 주기 시작했습니다.

"젊은 여자들이 머리를 자르고 있어."

"뭐?"

"대학로며 홍대 앞이며 남자처럼 머리 짧은 여자애들이 가득해! 유행인가 봐!"

대학로나 홍대 앞이 어떻게 생겼는지는 잘 몰랐지만 그게 유행이라면 필시 한 달 내에 항만시의 인간 여자애들도 단체로 이발을 시작할 게 뻔했죠. 그리고 실제로 그런 일이 일어났어요. 모두 다 짧게 자른 건 아니었지만, 적어도 항만 중학교 교복을 입고 다니는 인간 여자애들 중에서는 짧은 머리를 한 비율이 부쩍 늘었죠. 그런 스타일을 숏컷이라 부른다고 들었습니다.

베란다에 둥지를 튼 집의 딸내미, 이름이 장명하인 그 아이도 꽤 일찍 숏컷의 열풍에 합류했어요. 덕분에 쌍둥이 오빠인 명익이와 아침에 싸우는 일이 뜸해진 것 같더군요. 아침마다 욕실 쟁탈전이 벌어지곤 했는데, 명하가 머리를 자르면서 씻는 시간이 절반으로 줄었으니 참 다행이에요.

그래도 베란다 새시를 뚫고 들리는 고함의 데시벨은 줄지 않아요.

"아, 장명익, 수건 쓴 거 다시 걸어 놓지 말고 빨래통에 좀 넣으라고!"

저런 대사는 명하입니다.

"야! 장명익! 너 체육복 말랐냐? 너네 반 오늘 체육 없지? 네 거 나 좀 빌려주면 안 되냐?"

저것도 명하.

"엄마, 장명익이 밥그릇 물에 안 담가 놓고 그냥 갔대요! 내일 설거지시켜야 됨!"

이런 말도 명하가 해요. 처음 여기 둥지를 틀었을 땐 대체 명익이란 남자애는 뭐 하길래 대꾸 한 번 없이 조용한 건가 궁금했습니다. 이젠 그러려니 합니다. 그저 성격 차이죠. 한날한시에 같은 엄마 배 속에서 태어난 쌍둥이도 저렇게 성격이 다를 수가 있구나, 신기해하던 것도 오래전의 일이에요. 이젠 저도 알을 꽤 낳았고 새끼를 몇 마리나 독립시켜 보냈으니까 같은 배에서 나온 자식들이 서로 다를 수 있단 걸 충분히 압니다. 그냥 명하는 명하답게, 명익이는 명익이답게 크고 있는 거죠.

그런데 오늘은 수상하게도 명하가 조용합니다.

현관문이 닫히는 소리가 났어요. 1에서 20까지를 천천히 세고 나면 빌라 공동 현관으로 나오는 세 정수리를 내려다볼 수 있죠. 달음질쳐 서두르는 명하는 자기보다 머리가 더 짧은 친구랑 요 앞에서 만나 함께 등교해요. 그다음으로 나오는 사람은 쌍둥이의 엄마 주은희 씨. 가벼운 자전거를 한 손에 들고 있습니다. 제일 미적대는 것은 명익이에요. 명익이는 절대 길을 그냥 걷는 법이 없죠. 항상 책을 읽거나 핸드폰을 들여다보며 걷곤 해요. 오늘 펼친 책은 얇고 작은 걸 보니, 시집인가 보네요. 다행히 항만중학교까지 가는 도보 5분 거리에 명익이가 차에 치일 법한 길은 없지만, 그래도 돌부리에라도 걸려 넘어지지 않을지 걱정입니다.

꾸르륵. 예민한 저의 청각이, 달려 나가던 명하의 배 속에서 나는 소리를 잡아챕니다. 명하 스트레스 받나 보다, 하고 저는 바로 알아채요. 명하는 스트레스를 받으면 소화를 못 시키거든요. 아랫배가 천둥 같은 소리를 내고, 화장실에 가면 바로 물똥을 주룩주룩 싸죠. 명하는 모르는 척 계속 뛰는데, 괄약근에 힘을 빡 준 티가 걸음걸이에서 조금 느껴집니다.

무슨 일이 있나? 궁금해하다가 날개를 쭉 펼쳤습니다. 오늘은 명하를 좀 따라가 봐야겠다고 생각했죠. 오지랖이 조류 중에서 최고 수준이라고요? 인정합니다.

"항문중 가냐, 또?"

중간에 만난 녀석 하나가 묻습니다. 저는 고개를 끄덕이며 바람을 타요. 이건 절대 저 집 애들에게 관심이 있다거나 걱정이 되어서는 아닙니다. 그냥, 삶이 꽤 무료하니 재미있고 무해한 구경거리가 필요해서죠. 그냥 그래서입니다.

그때 따라가지 말 걸 그랬어요. 그랬다면 진짜 속 편하게 조생 살 수 있었을 텐데.

02

———

세상이 멈췄으면 했다. 그냥 시간이 흐르지 않았으면. 동아리 활동 시간이 절대로 오지 않기를 바랐다. 세상이 멈추는 게 나만을 위한 이벤트라 가능하지 않다면 교장이 갑자기 살짝 돌아서 전교의 동아리를 폐쇄한다는 선언을 하거나, 혹은 학교가 활활 불탄다거나, 그런 정도를 기대할 수는 있지 않을까? 그렇게 말도 안 되는 상상을 하며 목구멍으로 튀어나오려는 심장을 억눌렀다.

물론 당연히 그런 일이 일어나지 않았기에 지금 애들은 모두 동아리 활동을 하고 있다. 우리 걸스힙합부는 원래 2학년 2반 교실을 배정받았지만 전면 거울이 없어서, 항상 밖으로 나와 조회대를 등진 채 유리로 된 중앙 현관을 거울로 삼아 연습한다. 출산율이 줄어들어 학생이 없는 지방 학교들이 교실을 각종 동아리실로 바꾸곤 한다는 기사를 읽은 적이 있다. 항문중 역시 전교생 수가 10년 전의 절반으로 줄어들었지만 전면 거울이 있는 댄스실을 따로 만들어 줄 생각은 절대 없는 듯하다. 항문중이 뭐, 그렇지 뭐.

그 덕에 나는 지금 미술부 애들의 꼬라지를 눈에 쌍심지를 켠 채 감시할 수 있다. 걔들은 빛이 잘 드는 화단 아래 두어 뼘씩 간격을 두고 앉아 각자 무언가를 그리는 중이다. 그 한가운데 장명익이 있다. 골똘히 스케치북을 바라보며 미간을 찌푸리는 내 쌍둥이 오빠가.

오빠란 호칭을 붙이기도 싫다. 오빠다워야 오빠라고 하지. 나는 일부러 음악 볼륨을 크게 키웠다. 스탠드에 앉아 있던 축구부 애들이 노래를 따라부르며 '호우호우' 소리를 냈다. 미술부 샘님들은 소음이라 여기고 싫어하겠지? 그러나 장명익을 생각하면 미안한 마음이 싹 사라졌다.

장명익이 샘님이라니. 씨알도 안 먹힐 소릴.

심란한 마음을 억지로 누르고 팔다리를 움직이는데 우리 노래의 것이 아닌 다른 비트가 들려온다. 그에 맞춰 더 큰 호우호우 소리가 났다. 우리 부원들이 머리를 헝클어뜨리며 억지로 웃었다.

"쟤네는 요가실 받았으면서 왜 밖에 나와서 난리야?"

모두 생각만 했던 말을 누군가 입 밖으로 꺼냈다. 그러거나 말거나 축구부 애들은 이제 온통 운동장 구석, 강당 앞으로 눈을 돌리고 있었다. 우리 걸스힙합부의 최대 라이벌인 방송댄스부가 거기서 연습을 시작했다. 그리고 모두의 시선이 모이는 곳은 역시 센터, 채유진의 자리였다.

나는 미술부 쪽을 휙 바라보았다. 장명익은 방송댄스부 쪽으로 눈길도 주지 않았다. 대신 목을 쭉 빼고, 나도 익히 알고 있는 2학년 여자애의 그림을 봐 주며 뭐라 말하고 있었다.

개자식. 저 자식은 진짜 개자식이야, 라고 나도 모르게 소리 내어 말해 버렸다.

"뭐?"

옆에서 내 말을 듣고 누군가 반문했다.

"아니야, 아무것도. 다른 생각했어."

나는 입을 딱 다물었다.

⟡⟡⟡⟡⟡

일요일에 장명익의 노트북을 몰래 펼친 것은 절대로 다

른 이유가 있어서는 아니었다. 그저, 급한 수행 평가가 있는데 내 노트북이 갑자기 퍽 소리를 내며 꺼지더니 다시는 켜지지 않았기 때문이다. 집에는 아무도 없었다. 엄마는 자전거 라이딩 약속이 있다고 새벽같이 나갔으며 장명익은 미술부 애들과 영화를 보러 간다고 했다. 시간이 오래 걸릴 수행 평가는 아니었기에 엄마와 장명익 모두에게 들키지 않고 무사히 장명익의 노트북을 쓸 수 있을 거라고 생각했다. 걸리면 끝이었다. 엄마는 남의 물건에 함부로 손을 대는 걸 죄악시했다. 우리 방에도 언제나 노크를 하고 들어오는 사람이었다. 장명익에게 말도 안 하고 걔의 노트북을 쓴 걸 알면 경을 칠 게 분명했다.

장명익에게 왜 허락받을 시도조차 하지 않았느냐, 라고 묻는다면 아주 마땅한 변명은 없다. 정말로, 아주 잠깐 빌려 쓰면 된다고 생각했던 게 전부다. 게다가 장명익이 본다는 영화는 세 시간짜리였다. 메시지를 보냈어도 한참 뒤에나 읽을 것이 뻔했다. 난 진짜로 급했는데.

장명익의 방에 들어가서 노트북을 들고 바로 내 방으로 돌아왔다. 걔는 개코라서 내가 조금이라도 그곳에 오래 머물면 금세 내 체취를 알아챌 테니까. 노트북을 켜고, 비밀번호가 걸려 있지 않기를 간절히 기도했다. 그러고는 로그인 화면 없이 바로 뜬 바탕 화면을 보면서 신에게 감사했다.

집안의 누구도 자기 물건에 손대지 않을 거란 확신을 가지고 있기 때문일까, 아니면 그냥 귀찮아서일까. 장명익의 노트북은 온통 자동 로그인 천국이었다. 나는 문서창과 인터넷창을 하나씩 띄워 놓고는 흔적을 남기지 않게 조심조심하며 수행 평가 과제를 했다. 양심에 손을 얹고 말하자면 인터넷에 올라온 자료들을 적절히 베낀 것에 가까웠지만.

그때 모니터 구석에서 반짝, 하고 알림 창이 떴다. 누군가 디엠(DM)을 보냈다는 알림이었다. 당연히 클릭하지 않았다. 장명익 자신이 본 적 없는 디엠을 읽었다는 흔적을 남겨서는 안 됐으니까.

그런데 계속해서 알림이 떴다. 번쩍, 번쩍, 번쩍……. 타이핑을 하는데 신경이 쓰여서 견딜 수 없었다. 아 씨, 누구야, 누가 이렇게 내 숙제를 방해해. 흐린 눈으로 모르는 척했지만 열일곱 번째로 알림 창이 떴을 땐 진짜로 화가 나서 눈을 부릅떠 초점을 제대로 잡곤 모니터 구석을 노려보았다.

어, 그런데…….

"채유진 아니야?"

프로필 사진이 익숙했다. 짧게 줄인 교복 치마를 걸친 골반을 한쪽으로 틀고, 길게 포니테일로 묶은 머리채의 끝을

왼손으로 잡은 후 위로 쭉 잡아당기며 귀여운 표정을 짓는, 오른손에는 가장 최신형의 아이폰을 거꾸로 든, 몹시 화려한 이목구비를 가진 사진 속 사람.

우리 반 아이, 채유진이었다. 인스타그램 팔로워가 만 명에 달하는 SNS스타. 방송댄스부 부장. 케이팝 댄스 커버나 틱톡 영상으로도 유명하고, 고등학생이나 대학생 오빠들과 사귄다. 교문 앞에서 기다리는 남자들이 매달 달라진다. 뭐, 몸매는 인정한다. 진짜 어른 모델 같다. 어떻게 허리가 남의 가슴팍 높이에 붙어 있나 싶을 정도로 다리가 길다. 물론 얼굴은 좀 화장발, 포토샵발이긴 한데.

그런데 그 채유진이 왜 미술부의 소심남 장명익 따위에게 디엠을 보낸단 말인가? 둘 사이에는 접점이 하나도 없었다. 내가 알기로는. 아, 미치겠다. 궁금해서 미치겠다. 무슨 내용일까. 딱 한 번만 클릭해 볼 수 있다면 좋을 텐데.

그래서 나는 합리화를 시작했다.

일단 우리 집에선 솔직, 정직을 최대 덕목으로 친다. 사람은 살면서 실수할 수도 있어, 엄마는 다 이해해, 대신 거짓말하는 순간 절대로 용서받지 못하는 거야. 잘못을 솔직히 인정하고, 반성하고, 죗값을 받으면 되는 거야. 그런 말을 장명익과 나는 네다섯 살 때부터 들어 왔다.

그러니까 몰래 노트북 쓴 걸 들킨다 하더라도 내 노트북이 망가져서 어쩔 수 없었다고 솔직히 말하고 엄마가 보는 앞에서 장명익에게 싹싹 빌면 되지 않을까? 기분이야 좀 언짢겠지만 넙죽 엎드려 빌면 어쩌겠어? 거기서 고래고래 화를 내 봤자 속 좁은 사람은 장명익이 될 터였다.

그렇지. 그러면 되는 거였다. 합리화 끝.

채유진의 사진, 클릭.

그러지 말걸, 하고 그 순간 이후 오백 번쯤 후회했던 것 같다.

모르는 척, 못 본 척하고 호기심 꾹꾹 누른 채 그냥 넘어갈걸. 그러면 얼마나 마음이 편했을까?

채유진에게 악성 디엠을 보내는 사람이 붙었다는 소식은 반 모두가 두어 달 전부터 알고 있었다. 그 사람에게서 디엠이 올 때마다 채유진은 자기 인스타 스토리에 캡처본을 올렸으며 우리는 그걸 읽고 그 남자를 욕하고 채유진의 계정에 저 새끼 신고하라며 댓글을 달고 그리고……

그와 동시에, 절친 대여섯 명 정도가 모인 단톡방에서는 채유진을 깠다.

솔직히 걔한테도 책임 있지. 걔 남자 없이는 못 살잖아. 작년에 남친 몇 명 갈아 치웠다고 했지? 여덟 명이었냐? 야, 그러면 그중 하나쯤 사이코 없겠냐? 차이고 앙심 품었겠지.

인스타에 올리는 사진도 솔직히 코르셋 오지잖아. 요새 누가 그렇게 얼굴 포샵하냐? 일부러 가슴 커 보이려고 몸 숙이고 어깨 말고 책상에 가슴 올려놓고 사진 찍잖아.

나 같으면 그냥 디엠 씹고 삭제했다. 캡처해서 스토리에 올리는 거 자체가 관종 아니냐?

나는 한 번도 험담하지 않았다. 그리고 내가 동조하지 않았고 읽기만 했기 때문에 죄책감을 가지지 않았다. 채유진의 험담을 열심히 한 친구들이 그 애의 계정에 응원 댓글을 다는 걸 보면 도덕적 우월감이 들었다. 친구들의 이중성과 나의 투명함을 내심 비교하며 내가 개중에서는 제일 나은 사람이라고 확신했다.

나는 장명익과 채유진이 주고받은 디엠을 스크롤을 올려 쭉 읽었다.

> 야 이 변태 새끼야 나 내일 경찰서에 신고
> 들어간다.

신고하시죠 깔깔.

> 진짜 내가 지구 끝까지 쫓아간다.

낄낄 무서워라 깔깔.

> 네 인생 내가 다 조져 버릴 거야 딱 준비해.
> 너 몇 살인지는 몰라도 남은 인생 망가지게
> 만들어 줄 거니까.

응. 나 150살~ 내일 사망 예정~

차마 쓸 수 없는 비속어를 제외하고 대충 옮기자면 채유
진과 노트북 주인과의 대화는 저런 식이었다. 노트북 주인,
내 쌍둥이 오빠, 장명익이 똥 싸듯 갈겨 놓은 말들이 메신저
창의 오른쪽에서 빛났다.

03

——

우리도 각자 날갯짓하는 모습이 다르긴 하지만 확실히, 서로 전혀 다른 스타일의 춤을 추는 두 중학생 집단을 구경하는 일은 흥미롭습니다. 일단 명하가 속한 쪽의 여자애들은 근력을 최대한으로 쓰는 편이죠. 저는 인간들이 두 다리를 자유자재로 뻗고 뒤틀어 차는 모습을 좋아하는데, 그것은 아마도 제 다리가 몸에 비해 아주 짧고 가늘기 때문일 것입니다. 제가 할 수 없는 동작을 인간들은 다리를 이용해 주로 하더군요.

친구들에게 인간 애호가라고 비꼬는 말을 종종 들을 정도로 그들의 몸과 춤이 재미있어요. 인간에게 우리처럼 날개가 있었다면 얼마나 대단한 춤을 췄을지 상상하곤 친구들에게 떠들어 댑니다. 그러면 모두들 말하죠. 끔찍한 소리하지 말라고, 그 이기적인 종자들이 하늘까지 점령하면 얼마나 꼴사나운 일들이 벌어지겠냐고요.

동아리 활동 시간마다 명하네와 은근한 기싸움을 벌이는 상대편은 오늘 강당 앞에 나와 자리를 잡았군요. 아직 겨울 느낌이 가시지 않은 찬바람이 불어도 아랑곳하지 않고 배를 드러내길 좋아한다는 점에서 상당히 흥미로운 집단입니다. 옷차림에서 차이가 많이 나죠. 명하네는 포대 같은 옷을 좋아하는데, 쟤들은 아주 작은 옷에 몸을 구겨 넣곤 해요. 몸의 선이 고스란히 드러납니다. 춤을 추는 동안 물을 마시지 않는다는 점도 다르죠. 물을 마시면 기껏 드러낸 복근이 사라지기 때문이랍니다. 명하네는 실컷 이온 음료를 마시는데.

명하를 봤어요. 명하 무리는 투덜대며 볼륨을 높여요. 저는 명하 역시 상대편 애들을 째려볼 줄 알았어요. 그런데 오늘은 이상하게 명익이 쪽을 계속 응시하더군요.

동아리 활동 시간이 끝나기 10분 전부터 교문 앞이 소란스러웠습니다. 시커먼 항만고등학교 교복을 입은 남자 두어 무리가 보란 듯 진을 치고 있었기 때문이죠. 왜 이렇게 일찍 끝난 거지? 저는 의아했습니다. 보통 쟤들은 중학교 애들보다 두 시간쯤 늦게 하교해야 하거든요.

그때 팔랑대며 운동장을 가로지르는 인영이 보였습니다. 긴 머리, 복근이 선명한 배, 그리고 길쭉한 다리의 모양을 고스란히 드러내는 연보라색 레깅스.

"오빠!"

그 애의 입에서 나오는 말입니다.

"모의고사 잘 봤어?"

아아, 모의고사. 그날엔 고등학교도 일찍 마치죠. 닫힌 교문을 사이에 두고 그 애와 시커먼 남자애가 손을 맞붙잡습니다. 주변에서 오오, 하고 난리가 납니다. "실물 진짜 존나 예쁘네." 하는 말도 들립니다. 저는 눈살을 찌푸립니다. 비유로 쓰인 인간의 그 생식기는, 저도 우연찮게 몇 번 실제로 보긴 했습니다만(노상방뇨를 하는 인간들이 종종 있기 때문입니다), 전혀 예쁘지 않거든요.

어쨌든 레깅스를 입은 여자애는 저도 익히 아는 아이입니다. 채유진. 어떻게 아느냐 하면요.

인간들은 잘 모르겠지만 우리에게도 사교 생활이란 게 있습니다. 주로 항만중과 항만고, 그리고 항만여고가 이루는 예각삼각형의 외심 즈음에 있는(외심 같은 단어는 또 어떻게 아냐고요? 하늘을 나는 우리가 보통 인간들보다 수학과 물리, 지구과학 따위에 훨씬 빠삭할 거라는 생각이 들지 않나요?) 솔밭공원에서 이뤄지죠. 평일 낮엔 한산하니 크게 재미있지 않고 잔잔할 따름이지만, 해가 지고 밤이 되면 이야기가 달라집니다. 인간 아이들이 모여들거든요.

번식 주기가 인간보다 지극히 짧은 종으로서, 그 애들의 조급함을 이해하지 못할 건 아닙니다. 안쓰러울 때가 많거든요. 얼마나 답답할까? 사실상 몸도, 마음도 다 컸는데 저렇게 불편해 보이는 교복으로 사지를 칭칭 결박당한 채 서로의 눈코입만 보며 마음을 헤아려야 한다면 말입니다. 인간 어른들은 어떻게든 단속하려 하지만 그게 어떻게 가능한가요? 하지 말라고 하면 더 하고 싶어지는 충동은 종을 불문하고 모두 마찬가지인걸요.

사실 그 애들이 모여서 딱히 음란한 짓을 하는 것도 아닙니다. 대부분은 끽해야 키스 정도를 하는데 그게 뭐 별건가요. 그것보다는 춤을 더 많이 춥니다. 거추장스러운 교복 자켓을 벗어던지고 땀을 뻘뻘 흘리죠. 서로에게 환호하고요. 멋진 춤의 대가로 키스를 받는다면 꽤 로맨틱한 일이 아닌가요? 인간 어른들이 너무 과민 반응합니다. 별 마음이 없다가도 그 반응을 보면 오히려 비뚤어지고 싶을 겁니다.

어쨌든 채유진은 그중에서도 인기가 많은 아이라서 기억

합니다. 그 애가 언제쯤 연예인이 될지, 혹은 지금 작업 거는 저 오빠랑 사귈지 안 사귈지, 새로 공들여 지은 둥지를 걸고 내기하는 친구들도 있더군요.

그런데 채유진 앞에 선 새로운 썸남의 말이 조금 이상했습니다.

"너 방금 전에 올린 거, 그거 뭐야?"

"어?"

"디엠 캡처본 올렸잖아. 인스타에."

"아, 그거?"

채유진이 큰 눈을 깜박거리며 큰 목소리로 외치더라고요. 그러나 저는 인간들 말로 '새가슴'을 가진 조류라 그런지요, 그 애가 겁을 얼마나, 어떻게 먹었는지 그 목소리를 통해 바로 눈치챌 수 있었습니다.

"그 변태, 찾아내서 끝장 보려고. 이젠 정말 안 되겠어."

"그런 새끼가 있으면 나한테 먼저 말을 해야지. 야, 오빠도 그런 거 추적할 수 있는 친구 많아. 해킹 잘하는 애들."

채유진이 치, 소리를 냈지만 잡고 있던 손을 놓진 않았습니다.

그때 저는 익숙한 걸음걸이를 느끼고 옆을 돌아봤죠. 스케치북을 옆구리에 끼고 동아리 부원들과 교실로 돌아가는 명익이었습니다. 익숙한 리듬이긴 한데, 명익이 혼자만의 것이 아니고 무언가 중첩되었단 느낌이 들었어요. 역시나, 명익이 옆에 명익이의 보폭과 박자를 따라 함께 걷는 여자애가 있더군요. 목둘레와 소매가 하얗고 깨끗한 교복 블라우스의 단추를 끝까지 채운 여자애. 길고 숱 많은 머리를 둥글게 말아 틀어 올렸는데 잔머리가 여기저기 빠져 있는 게 몇 년 전에 유행하던 스타일이었죠. 그 애는 스케치북을 들고 있지 않았는데 자세히 보니 명익이의 옆구리에 끼워진 스케치북이 하나가 아니라 두 개더군요.

"어, 선생님!"

여자애가 갑자기 뽈뽈 앞서갔습니다. 화단 쪽에 명익이의 엄마가 있었거든요. 자전거에 문제가 생겼는지 손에 기름때를 잔뜩 묻히고 몸을 구부린 채 뭔가를 하고 있었습니다.

"어, 다미야. 동아리 다 끝났니?"

명익이는 엄마를 모르는 척하며 멀리서 얼쩡거렸습니다. 그렇지만 누가 봐도 그 여자애를 기다리고 있는 모습이었죠.

"네. 이제 교실로 갈 거예요."

"어, 쌤도 10분 정도 있다가 종례하러 갈 거야. 그동안 애들 보고 자기 자리 주변 쓰레기만 주우라고 해 줄래? 쌤이 가서 보고 깨끗하면 오늘 청소 면제하고 일찍 보내 주겠다고."

"오, 대박, 역시! 네, 제가 말해 놓을게요."

대화를 듣자 하니 2학년, 명익이의 엄마가 담임을 맡은 아이인 모양이었습니다.

호오! 장명익, 얌전한 고양이가 부뚜막에 먼저 올라간다더니 외향형 인간 장명하보다도 먼저 연애를 하는 건가? 저는 날개를 쭉 펼치고 하늘을 향해 가슴팍을 열어젖혔습니다. 그 근처의 근육이 몹시 간질거렸거든요. 긁을 도리가 없으니 스트레칭을 더 하는 수밖에요. 너무 젖히는 바람에 그만 앉아 있던 국기봉에서 굴러떨어질 뻔했습니다.

＊ ＊ ＊ ＊ ＊

요가실에서 곰팡이 냄새가 너무 심하게 난다. 춤을 한 곡만 춰도 냄새 때문에 머리가 너무 아파 기절할 것만 같다. 동아리 담당 쌤한테 몇 번이나 말했지만 아무런 조치도 취하지 않았다. 애들은 내게 진짜로 말했냐고 묻고, 네가 동아리 기장이니까 책임지라고 채근하고, 네가 강력하게 말하지 않아서 아무 조치도 취해지지 않는 게 아니냐며 궁얼거린다.

결국 운동장에 나와서 춤을 췄다. 욕먹을 걸 알았지만 어쩔 수

가 없었다. 운동장 쓰는 애들한테 미안했지만 미안하다고 말

하면 우리 부원들이 싫어할 테니까, 그냥 눈 질끈 감았다.

외롭다. 사는 게 왜 이렇게 온통 짐일까? 왜 아무도 나를 진심

으로 좋아해 주고 이해해 준다는 생각이 들지 않을까?

걸스힙합부 애들이 부럽다. 걔네들은 사이가 정말 좋아 보인다.

자기네들끼리는 서로 시기 질투 하나도 안 하는 것 같다. 공연 곡

정할 때도 안 싸우고, 분량 가지고 말이 나오지도 않는 것 같다.

우리 부서 애들은 유진이가 센터 해야지, 라고 먼저 말한다. 내

가 괜찮다고 아니라고 말해도 막무가내다. 그러고는 뒤에서 서운

해한다.

우리 영상을 유튜브에 올리면 나에 대한 댓글이 가장 많이 달

린다. 나는 안다. 나를 칭찬하는 댓글을 단 사람 중 내 현실 친구

는 한 명도 없단 사실을. 반면에 다른 애들의 친구들은 자기 친구

를 찬양하는 댓글을 자주 올린다. 내 친구 짱이고, 제일 멋있고,

여신이라고.

내가 다른 사람들에게 넘치게 사랑받는다고 생각해서 친구

들은 나에게 사랑을 주지 않는 것 같다. 외롭다. 진정한 친구 하

나 없이 이렇게 중학교 마지막 학년을 보내야 하는 걸까?

디엠 사건은 그냥 넘길 걸 그랬나 하루에도 몇 번을 후회한다.

당한 건 난데 왜 내가 눈치를 봐야 할까. 머리가 너무 아프다.

가슴이 터질 것 같다. 안 그런 척, 행복한 척하고 텅 빈집에 들어

가면 현관에서부터 눈물이 줄줄 난다. 누가 왜 우냐고 물어봐 줬

으면 좋겠는데 집에는 아무도 없다.

04
—

떡볶이 먹으러 가자는 친구의 말을 무시하다시피 하며 달음질쳐 나왔다. 교문 근처에 숨어 장명익이 나올 때를 기다렸다.

사실 내가 어떻게 처신해야 하는지 도저히 알 수 없었다. 담임 선생님에게 고민을 털어놓는 것은 불가능했다. 엄마 얼굴에 먹칠을 하는 일이니까. 잘 들어 줄 친구들은 있었지만 도저히 입이 떨어지지 않았다. 비밀이라고 소곤댄 것이 겨우 사나흘 만에 들불처럼 퍼져 나가는 경우를 충분히 보고 들어 왔다. 그러니 일단은 진상을 혼자서 최대한 파악해 내는 게 우선이었다. 무언가 뾰족한 점을 짚어 낼 때까지.

가장 먼저 생각한 방법은 당연히 증거물을 그 애의 눈앞에 들이대고 자백을 받아 내는 것이었다. 집에서는 엄마 때문에 취조가 불가능하니 밖에서 단둘이 대면해야 했다. 학교에선 친한 척도 하지 않으니 논외로 하고, 하굣길을 노리면 좋겠다 싶었다. 걔는 언제나 혼자서 하교를 하니까 낚아채서 으슥한 곳으로 데려가 족칠 심산이었다. 내가 먼저 직접 얼굴을 보고 대화하리라. 추궁하고 신문하리라. 나는 충분히 할 수 있을 거라고 확신했다. 장명익? 평소 내가 핀잔을 주거나 으름장을 놔도 큰소리 한 번 내지 않는 쫄보니까. 내가 소리 몇 번만 지르고 멱살을 잡아 흔들면 고통과 참회의 눈물을 흘리며 채유진에게 사과할 게 분명했다. 그렇게 모든 문제를 해결하고 나서 엄마에게 슬쩍 털어놓아야지. 엄마는 얌전한 줄 알았던 아들의 비행에 상처를 입을 것이다. 그리고 어른스럽게 문제를 해결해 준 딸을 기특해할 것이다. 장명익의 신뢰도는 바닥으로 내려갈 것이다! 내가 사랑하는 엄마에게 더 많은 애정을 얻어 내고 싶은 생각이, 그때의 내게는 분명히 있었다.

그렇게 한없이 멍청한 확신을 가졌다. 민다미와 함께 교문을 나오며 희미하고 수줍게 웃는 장명익의 표정을 맞닥뜨릴 때까지.

어쩜 저렇게 수줍게 웃을까. 내가 잘못 봤던 게 아닐까?

아니면 장명익이 아닌 누군가가 나처럼 장명익의 노트북을 가져가서 그 애를 사칭하고 채유진에게 그딴 악성 디엠을 보냈던 게 아닐까? 저렇게 말간 표정으로 저토록 부끄럽단 듯 웃으며, 여자친구의 손 한 번 대범하게 잡지 못하는 애가 어떻게 그런 메시지를 보낼 수 있단 말인가? 내가 욕심에 눈이 멀어 결백한 쌍둥이 오빠에게 누명을 씌우는 나쁜 동생이 되고 있는 것은 아닐까?

숨이 턱, 막힐 정도로 장명익과 다미는 너무나 예쁘고 건전하게 사귀는 교과서 속 커플 같아 보였다.

◇◇◇◇◇◇

euversegene 오늘 하교 후 항만중앙경찰서에 가서 직접 신고했습니다. 2층 여성청소년계와 3층 사이버범죄 수사팀에 다녀왔어요. 여성 청소년이 피해자인 사이버 범죄의 경우 경찰이 적극적으로 나서 주지 않을 거라고 생각은 했습니다. 아는 언니가 지인능욕방에서 사진을 도용당해 신고했는데, 실질적으로 추적이 힘들다는 말만 듣고 끝이었거든요. 지인능욕을 한 가해자보다 경찰에게 더 상처를 받았다고 했습니다. 그래서 저는 부득이하게, 정말 그러고 싶지 않았지만 제 팔로워 중 한 분께 도움을 청할 수밖에 없었습니다. 항만일보 최○○ 기자님. 기자님께서 경찰의 동태를 살펴보고 조금이라도 소극적이면 바로 기사를 써 주시기로 약속했거든요. 그분이 주신 명함 하나로 경찰들 태도가 변하는 게 조금 우스웠지만 어쩔 수 없었어요. 저도 최선을 다해 스스로를 보호할 권리가 있으니까요. 다행히도 이런 종류의 에스엔에스는 본인 인증 후 가입이 진행되기 때문에 수사팀에선 계정 추적이 쉽다고 합니다. 길어야 2주 걸릴 거래요. 상황 계속 업데이트 할게요.

2시간 전

euversegene 글 올리자마자 10분 만에 디엠남 계폭했네요. 계폭하면 서버에 저장된 개인 정보가 바로 사라질 거라고 생각했나 봐요. 하긴 그렇게 멍청하니 제게 그런 디엠을 보냈겠죠. 얼른 만나 보고 싶어요. 어떤 인생 패배자이길래 아무 잘못 없는 여자애에게 자기 열등감을 그렇게 풀어야만 했을까? 너무 궁금해요.

1시간 전

euversegene 제가 아까 올린 글 보고 남혐한다 하시는 분들이 계셔서 추가로 써요. 저는 남혐을 한 적이 없어요. 아끼는 남자 사람 친구들도 많고 최애 배우도, 가수도 남자예요. 최○○ 기자님도 남자고요. 제가 혐오한 것은 제게 디엠을 보낸 그 찌질이뿐입니다. 혹시 제 지난 글을 보고 기분이 나쁘셨다 해도 저는 사과할 생각은 없어요. 기분이 나쁜 분들은 그 디엠남에게 아주 조금이라도 감정 이입을 하셨단 뜻이잖아요? 범죄자에게 말이에요.

13분 전

'유진이 파이팅! 완전 응원해♥ 내일 학교에서 봐!'

채유진을 가장 심하게 욕하곤 했던 친구가 쓴 댓글을 나는 멍하니 바라보았다. 엄마가 이 모습을 봤다면 불도 안 켜고 있느냐고 뭐라 했을 것이다. 불을 켤 생각조차 들지 않았다.

장명익은 아직 미술 학원에서 돌아오지 않고 있었다. 학원 와이파이가 빵빵하다고 좋아하더니, 그 빵빵한 와이파이 덕에 계정도 이렇게 빨리 없앨 수 있던 걸까?

처음에 잠깐 들었던, 이상하게 짜릿한 감정은 손소독제 냄새처럼 재빠르게 증발해 흔적도 남지 않았다. 가슴이 퍽

펵했다. 숨이 막히고 심장이 두근두근 뛰었다.

"네 엄마가 사는 주식은 왜 다 이렇게 족족 반토막 나니? 뭐에 씌었었나 봐, 내가 이걸 왜 샀지, 명하 씨? 네 엄마 좀 말리지 그랬어요, 응?"

엄마에게 이미 너무나 많은 걱정거리가 있기 때문에 거기 무언가를 더 얹을 수가 없었다.

"그러게 내가 욕심 부리지 말고 빨리 팔라고 했지, 엄마."

"아니, 계속 오르니까 더 오를 줄 알았지. 이제 너희 둘 고등학교 가고 명익이 입시 미술 하면 학원비도 배로 뛸 텐데. 그리고 너희 대학교 등록금도 지금부터 준비해야지. 그때 가서 하면 늦어."

"우리가 어련히 알아서 알바해 등록금 벌지 않을까."

"난 그런 거 싫다."

엄마는 내가 알바 이야길 하자 볼펜 끝으로 내 이마를 톡톡, 두드렸다.

"알바로 용돈 벌고 옷 사는 건 뭐라 안 해. ㄱ치만 등록금은 너무 커. 그건 엄마에게 맡겨. 엄마도 그 정도는 해 줘야지."

나도 안다. 세상 사람들은 철밥통이라 비꼬고 미워하지만 교사 월급으로 혼자 쌍둥이를 키우기는 녹록치 않을 거라는 사실을. 여기가 항만시이기 망정이지 수도권이었다면 턱도 없었을 거란 사실 역시.

만약 명익이가 채유진에게 그런 디엠을 보냈다는 사실을 학교 애들이 알게 된다면 어떻게 될까? 일단 아주 작은 항만시에 소문이 일파만파 퍼질 것이다. 저런 선생님이 세상에 존재한단 걸 믿을 수 없을 정도로 잘 가르치고 아이들과 잘 어울린다고 정평이 나 있는 엄마의 명예에 타격이 갈 것이다.

아니, 타격의 문제가 아니다. 엄마 스스로 부끄러워 견딜 수 없을 것이다. 내가 아는 엄마라면, 내 친구들이 사랑하는 엄마라면 살지 못할지도 모른다. 죽어 버리겠다고 생각할지도 모른다.

이제 다 컸으니 알아서 살아남으라고 말하며 지금껏 모은 전 재산을 내게 주고는 자취를 감춰 버릴지도 모른다. 머리를 빡빡 깎고 비구니가 될 지도 모른다. 즐겁고 행복한 자기 삶을 포기해 버릴지도 모른다, 우리 엄마라면. 학교 아이들은 엄마가 정직하고 공평하며 '어른'처럼 자기들을 대해 주기 때문에 좋아했다. 여자애들은 엄마가 자기들을 보호해 주고 같은 편에 서 줬기 때문에 엄마를 사랑했다. 그 사랑이 갈 곳을 잃고 무너져 내리며 배신감에 모두 엄마에게 등을 돌린다면 엄마는 숨길 방도 없는 부끄러움을 과연 견딜 수 있을까?

나는 핸드폰을 들었다. 잠시 고민하고, 카카오톡 친구 목록을 훑다가 이른바 '회색 인간'으로 불리는 남지혜에게 메시지를 보냈다. 회색 인간이라 함은 우리 무리와 채유진 무리, 양쪽 모두 어울려 놀 수 있는 슈퍼 친화력의 소유자란 뜻이다. 제 잘난 맛에 사는 방송댄스부 부원 중에서는 드문 인물이다.

> 야 지혜야!

> 유진이 디엠남 있잖아 진짜 신고했대?

어. 나도 같이 갔는데.

> 아 대박 진짜?

유진이가 같이 가 달라고 하더라고. 경찰들이 이상한 말 할까 봐. 그러게 왜 몸매 드러나는 셀카 올리냐, 뭐 그런 말 할까 봐. 그런 말엔 내가 반박을 잘하잖아.

> 기자 꼈단 말도 진짜야?

어. 난 얼굴은 못 봤어 유진이가 명함만 들고 와서.

그 기자 좀 쎄하긴 한데;; 그 나이 먹고 왜 유진이를 팔로우하지?

어쨌든 그러더라고. 요새 이런 사안은 언론에 크게 터뜨리면 장땡이니까 언제든 말만 하래. 가해자 인생 망쳐 주겠다고 유진이한테 아주 장담하던데.

숨이 막혔다. 망쳐지는 건 장명익뿐만이 아니다. 망쳐질 것은 엄마와 나의 인생이다.

05

ㅡ

이상합니다. 명익이가 집에 들어가지 않습니다. 아파트
단지 상가 뒤편의 을씨년스러운 계단에 철퍼덕 앉아 있습
니다. 애이고, 어른이고 할 것 없이 담뱃재 섞인 침을 뱉는
곳인데, 진짜 더러운데, 아랑곳하지 않고 거기에 엉덩이 두
짝을 댄 채 일어날 줄을 모릅니다. 저는 부리를 쯧쯧 차면서
도 명익이를 계속 바라봅니다.

항만시에는 걱정 있는 아이가 혼자 앉아 생각을 정리할
만한 공간이 없긴 하지요. 한 반십 년 전까지만 하더라도 놀
이터나 아이들이 하교하고 텅 비어 조용한 초등학교 운동
장 같은 곳에서 중학생이 혼자 앉아 곰곰이 생각에 잠기는
경우가 많았다고들 합니다. 제가 태어나기 전이니 그냥, 전

해 오는 이야기만 들은 거예요. 그러나 이제 놀이터는 주차장으로 바뀌었고 몇 개의 초등학교는 폐교되었습니다. 항만시에서 어린아이들이 많이 사라졌기 때문이지요. 솔밭공원은 학생들이 모여드니 조용히 사색하기엔 적절치 않은 공간이고요. 게다가 고등학생들까지 바글바글하니 명익이 같은 중학생으로선 눈치가 보이지 않을 수가 없습니다.

"엉덩이가 시릴 텐데."

저는 혼자 중얼거립니다. 때마침 명익이가 코를 훌쩍거려요. 우나? 하고 놀라 목을 빼고 봅니다. 맞아요. 명익이가 얼굴을 시뻘겋게 붉히고 뚝뚝 눈물을 흘리며 울고 있었습니다.

분명 조금 전까지만 해도 괜찮았습니다. 미술 학원에서 다미와 함께 수업을 들었고, 나와서는 출출한지 핫도그를 하나씩 사 먹었지요. 다미가 계산하려는 걸 막고 자기가 두 개 값을 모두 지불했고요. 물론 그 체크카드에 쥐꼬리만 한 돈이 들었다는 사실을 저는 알고 있지만 여자 친구 앞에서 멋진 척하고 싶었겠죠. 핫도그를 먹고 다미를 집까지 데려다 주었습니다. 다미의 집은 미술 학원에서 버스로 10분 정도 걸리지만 배차 간격이 30분이나 되기 때문에 차라리 걷는 게 나았어요. 둘은 가까운 동네에 살기도 하니, 어차피 가는 길입니다. 이미 땅거미는 졌는데 가로등 아래에서 둘은 한참 서로 눈치만 보며 주춤거렸어요. 저는 답답해서 고구마 맛 드라마를 보는 시청자처럼 소리를 바락바락 질렀죠.

"뽀뽀하려면 빨리 질러 버리고 아니면 감기 걸리지 않게 들어가, 이놈들아!"

물론 개들 귀에는 짹짹 소리밖에 안 들렸겠지만 말입니다. 결국 뽀뽀는 못 하더군요. 손만 만지작거리다가 다미를 집으로 들여보냈어요.

그런데 왜 저러는 걸까요, 갑자기. 저는 상가 슈퍼 간판에 앉아 전전긍긍하며 명익이의 정수리만 내려다볼 뿐이었습니다. 명익이는 핸드폰 화면을 연신 껐다 켰다 반복하는 중이었고요. 딱히 게임을 하는 것 같지도 않았습니다. 똑같은 화면이 계속해서 번쩍거렸거든요.

야 인마, 너 그러다 진짜 감기 걸린다고. 내가 지금 너 걱정해서 이러는 줄 아냐? 네가 감기 걸리면 일단 면역력 안 좋은 명하나 친구들이 옮을 거고, 엄마까지 옮는다면 수업할 때 쩍쩍 갈라지는 목소리 때문에 고생깨나 할 거며, 만약 괜찮다 쳐도 남매 뒤치다꺼리 하느라 골머리 앓을 건데. 네 몸이 너 하나만의 몸인 줄 아냐?

한 시간이 넘어가자 안 되겠다 싶어서 저는 명익이를 집으로 보내기 위해 최후의 수단을 쓸 수밖에 없었습니다. 명익이의 정수리를 향해 똥을 주루룩 싸 버린 거죠. 아마 꽤 뜨끈했을 겁니다. 좀 민망했지만 어차피 자기 전에 감을 머리, 더 꼼꼼히 감겠죠.

다른 애들 같으면 입 밖으로 쌍욕을 퍼부었을 텐데 명익이는 차마 그러지도 못하는 순둥이라서 그저 황망한 표정으로 위를 바라보며 손을 휘저을 뿐이었습니다. 그러더니 벌떡 일어나 상가 안으로 들어가더군요. 화장실을 찾기 위해서였겠지요. 아아, 하지만 저 상가 화장실 다 잠겼는데. 열쇠 없이는 절대 못 여는데. 화장실에서 하도 '엄한 짓'을 하는 고등학생들이 많아서 작년부터 시행된 조치라지요. 말해 주고 싶었지만 여전히 짹짹 소리만 날 뿐이었습니다.

<><><><><>

"어쨌든 그래서, 우리 명익이는 진짜 착한 애라니까. 새 똥을 맞아도 욕 한 번 못 하고! 세상에 그런 인간이 어딨냐?"

"저, 저 조류의 탈을 쓴 인간 새끼. 또 저런다, 쟤."

"아니, 그런데 쟤네 집 남자애가 좀 남다르긴 해. 저번에

걔가 새끼 고양이 구조하는 거 봤다고 내가 얘기 안 했어? 다른 애들은, 구조가 뭐야, 해코지하는 놈들도 있잖아. 저번엔 항만고 남자애들이 강아지 꼬리에 담뱃불 붙여서 난리난 적도 있잖아. 그런데 저 집 남자애는 자기 잠바 벗어서 동그랗게 말아서, 응? 거기 고양이 넣어 두고 소중하게 안고 가더라니까. 심지어 그냥 고양이도 아니고 카오스 무늬였다고. 너 인간들이 카오스 고양이를 얼마나 싫어하는지 아냐?"

"너까지 인간 편드는 거냐?"

"저 집 애는 다르다니까!"

"그래, 우리 명익이는 다르다고!"

제가 빽 소리를 질렀습니다. 맞은편에서 날개 근육을 스트레칭하던 친구가 고개를 절레절레 흔들었죠. 저놈은 인간을 미워하고 가슴이 얼음장 같아서 턱끈펭귄이라는 별명으로 불리는 놈입니다. 턱끈펭귄이 지랄 맞은 성격으로 극지방에서 아주 유명하다는 걸 누군가 듣고는 그렇게 부르기 시작했지요.

"결국 네 똥 맞은 채로 집에 들어간 거야?"

턱끈펭귄이 칫 소리를 내더니 물었습니다.

"어. 베란다로 몰래 봤는데 저녁 식사 중이더라고. 그 집 엄마랑 명하랑 기다리다가 먼저 밥 먹고 있었나 보더라. 심지어 채식이었다고."

턱끈펭귄도 이 부분은 인정할 수밖에 없었을 겁니다.

"그 집 엄마가 저녁만큼은 핏물 안 흐르는 식탁에 앉자고 했거든. 애들 둘 다 오케이 했고. 야, 제발. 그 집은 진짜 다르다니까? 네가 왜 인간들 증오하는지 알겠는데, 노력하는 사람들도 간혹 있단 걸 좀 인정해 주면 안 되냐?"

"네가 낳았어? 어? 누가 들으면 그 집 애들이 네 자식인 줄 알겠다."

어휴, 말이 안 통하죠. 저는 턱끈펭귄에게서 등을 돌려 한숨을 푹 쉬었습니다. 저렇게 편협한 자기 세계에만 사로잡혀 있으면 발전 없는 조생만 살다 가는 겁니다.

뒤에서 턱끈펭귄이 중얼거리는 소리가 들렸습니다.

"아냐, 분명 구린 데가 있어. 인간들은 무조건 구린 데가 있어. 절대 그런 가족이 있을 리가 없어⋯⋯."

06

"어째 좀 늦었네?"

수저 한 벌과 밥그릇을 추가로 가져와 앉은 엄마의 말에 장명익은 대답했다.

"어, 다미 데려다주느라. 그리고 좀 생각할 것도 있어서, 천천히 걸어오다 보니까 늦었네. 게다가 새똥 맞아서……."

얼씨구, 생각할 것? 두부조림을 먹다 그만 고춧가루가 기도로 넘어가 사레가 들리고 말았다,

"그러게 장명하, 천천히 먹으라고 내가 몇 번을 말하니?"

켁켁대는 내게 엄마가 물을 건넸다.

"엄마가 따로 성교육 해 줘야 할 일 없지?"

장명익이 이맛살을 찌푸렸다.

"그런 말 제발 하지 말라고 몇 번을 말해, 엄마."

"너랑 다미 위해서 하는 말이지. 그리고 너는 이상하게 엄마가 이런 말 하는 걸 싫어하더라? 솔직히 엄마 아니면 누가 가르쳐 주냐. 응? 학교에서 이런 거 가르쳐 주디?"

"제발 부탁인데 좀 자중하라고 했잖아. 지난번 사건 같은 일 다시는 겪고 싶지 않다고."

여기서 '지난번 사건'이란 엄마가 어느 월요일 국어 시간, 2학년 애들에게 콘돔을 하나씩 나눠 주며 성교육을 했던 사건을 말한다. 엄마는 자신이 들어가는 모든 반에서 그 수업을 하려고 했지만 첫날부터 학부모들에게서 항의 전화를 받는 바람에 교장실에 불려 갔다. 결국 그 콘돔을 받은 건 월요일에 수업했던 두 학급뿐이었다.

보건 선생님이 엄마 욕을 엄청 했다고 들었다. 국어 선생 따위가 왜 자기 일을 침해하려 드는 거냐고 펄펄 뛰었단다. 그 쌤이 성교육 시간에 하는 건 낙태 방지 영상을 보여 주는 게 다인데……. 거기서는 가위로 태아를 자르는 모습이 나온다. 그리고 '성인 남녀가 결혼을 해서 올바르고 온전한 가정을 꾸리기 전까지 무분별한 성행위를 하는 것은 죄악'이라는 내레이션도 흐른다. 아마 90년대쯤에 만든 영상일지도 모른다. 보건 쌤이 항만중앙교회 목사 사모님이라는 건 항문중 애들은 다 아는 사실이다. 그 영상을 봤을 때 엄마도 똑같이 학교에 항의 전화를 걸라고 말하고 싶었다. '올바르고 온전한 가정'이 뭔데? 그러면 남자 어른이 없는 우리 집은 '올바르고 온전한 가정'이 아닌가? 아쉽게도 엄마가 자기 직장에 항의 전화를 걸 순 없을 테니 꾹 참고 넘어갔지만.

"내가 안 하면 누가 하니. 아들, 그건 네가 이해해 달라고 했잖아. 너는 조금 민망할지 몰라도 그건 교사의 의무지."

명익이는 꿍얼거리더니 입을 다물었다. 나는 물을 다 마시고, 천천히 컵을 내려놓았다. 그리고 입을 열었다.

"맞아. 학교에서 그런 걸 제대로 안 가르쳐 주니까 별의별 일이 다 생기는 거야. 우리 반 채유진도 지금 사건이 터져서……."

폭탄이다! 화제를 던져 놓고 장명익의 표정을 살폈다. 엄마가 먼저 치고 들어왔다.

"유진이? 인스타 스타라는 그 유진이?"

"응."

"무슨 일 있었니? 교무실에선 들은 얘기가 없는데."

당연히 채유진은 담임뿐 아니라 그 어떤 선생한테도 이야기하지 않았을 것이다. 걔는 기본적으로 선생들을 아주 싫어하고 믿지 않으니까. 걔의 세계관에서 여자 선생님들은 모두 자신의 외모와 몸매, 그리고 젊음을 시기 질투하는 개개인이고, 남자 선생님들은 공동구매한 듯 하나같이 똑같은 삼색 니트 차림으로 자신에게 매력을 발산하려 헛수고를 하는 사람일 뿐이다. 채유진은 심지어 우리 엄마도 싫어한다. 젊고 힙한 척하는 게 안쓰럽다나.

물론 내 앞에선 그런 얘길 못 하지. 자기 친구들한테 비밀이라고 하면서 험담했단다. 하지만 이 세상에 비밀이 어디 있어. 그 존재를 믿느니 차라리 항문중학교가 한국 최고의 명문 중학교라는 조회 시간 교장의 헛소리를 믿겠다.

나는 두부를 다 건져 먹고 남은 양념에 밥을 비볐다. 이 반찬 가게의 두부조림 양념은 간이 꽤 세서 밥을 비벼 먹기 정말 좋았다. 썩썩 비빈 탄수화물과 나트륨 덩어리를 입에 와앙 넣으면서 채유진의 디엠 사건을 엄마에게 고스란히 전달했다. 어머, 헐, 나쁜 놈의 새끼, 하며 엄마가 추임새를 넣었다.

"그래, 그런 놈들은 절대로 봐줘서는 안 돼. 이참에 혼쭐을 내야지. 벌을 받을 게 두려워서라도 다시는 같은 일을 하지 못하도록, 그렇게 만들어야지."

"몇 살일까?"

내가 물었다.

"몇 살이길래 그런 짓을 할까, 엄마?"

"글쎄. 어후, 한 서른 넘은 어른 아닐까? 자기 욕구 못 푸는 사람들은 그렇게 이상한 공격성을 가지고 해코지하려 들더라고. 아니 근데 그 어린 애한테……. 으휴, 못난 것."

장명익이 밥그릇을 긁더니 숟가락을 내려놓고 그 안에 물을 따랐다.

"범인이 더 어린 애일 가능성은 없을까? 그 디엠 봤는데, 말투나 내용이 완전 애 같던데."

엄마는 고개를 저었다.

"엄마는 그래도 교사잖아, 명하야. 학교에서 온갖 사고 치는 애들 보긴 했지만 그래도 애들에 대한 믿음은 아직 있거든? 미성년자가 그런 짓을 할 거라고는 상상하고 싶지 않아. 얼마나 끔찍한 일이니, 그게."

"만약 진짜 미성년자면?"

"그 부모가 어떻게 가르쳤길래 그랬을까, 싶겠지. 애들이 그러는 건 대부분 집에서 받은 상처를 풀기 위한 경우가 많아서……."

조금 놀랐다.

"학교에서 사고 치는 애들에 대해서도 엄마는 그렇게 생각해?"

"안 그런 애들도 있겠지만 기본적으로 가정 교육이 잘못된 채로 학교에 오는 애들은 선생님들이 어떻게 하기가 너무 힘들어. 그래도 엄마가 최대한 노력을 하는 거지. 어떻게든 좋은 경험을 심어 주려고. 어떻게든 좋은 세상 보여 주고, 믿을 만한 어른을 만나게 해 주려고."

밥그릇에 붙은 쌀알을 불린 장명익이 그 물을 후룩 마시고는 자리에서 일어났다. 잘 먹었습니다, 하더니 그릇을 싱크대로 가져다 놓고는 자기 방에 들어가서 문을 닫았다.

"명익이 무슨 일 있나? 친구랑 싸웠나?"

엄마가 말했다.

"아니, 좀 전에 엄마랑 싸웠잖아."

"그게 싸운 거였나? 민주적인 의견 교환 아니었어?"

"됐어……."

더 말했다가는 힐난하는 마음을 온통 들켜 버릴 것 같았다.

⬦⬦⬦⬦⬦

어른들이 크게 착각하는 것이 있다. 자기들이 우리에게 엄청나게 중요한 사람이라고 스스로 과대평가하는 것. 집에서의 양육 방식, 학교에서의 교육 방법으로 우리를 어른들 입맛에 맞춰 백 퍼센트 조각해 낼 수 있다고 굳게 믿는 것. 그래서 사랑 주고 관심 주면 착한 아이가 될 거라고 확신하며 기대하는 것.

어른들은 본인들이 우리 삶과 우리 세상의 전부고, 자기들이 의도한 대로 우리가 자랄 거라고 착각하곤 한다. 심지어 엄마같이 보통의 어른들과는 조금 다른 방식으로 사고하는 사람조차도!

하루 24시간 중 엄마와 얼굴 보고 이야기 나누는 시간은 모두 합해도 두 시간이 안 될 거다. 담임 선생은 더 적지. 20분쯤 될까? 학교에서 만나는 현실 친구들의 경우가 훨씬 길다. 하루 기본 여섯 시간 혹은 그 이상. 학원 친구들은 두어 시간 정도. 그리고 인터넷에서 만나는 친구들도 그 정도는 되겠지. 적어도 엄마나 교사보다는 많이 만난다는 거다.

그런데 무슨 자신감으로 어른들이 우리를 만들어 낼 수 있다고 생각하는 걸까? 가정 교육? 그런 건 여덟 살 이후로는 없는 거나 마찬가지다. 차라리 '또래 교육'이 훨씬 강력하겠지. 나만 해도 엄마보다는 친구 눈치를 훨씬 많이 보는데. 그리고 장명익의 경우엔 음, 장명익이 어떤 애들이랑 친한지 자세히 모르지만 장명익이 그렇듯 걔들도 얌전한 척하면서 부뚜막에 먼저 올라갈 꿍꿍이를 품는 음흉한 놈들일 것이다.

　따뜻한 밥 배부르게 먹고 샤워도 마치고 누웠는데, 잠이 안 왔다. 내가 무언가 조치를 취해야 하는 게 분명했다. 이대로 가다간 풍비박산이었다. 특히 엄마를 어떻게 할 것인가. 우리 집 가장인 엄마가 무너진다면 내 학교 생활은? 학원은? 우리집 경제 사정은? 나의 미래는? 소중한 것들이 깡그리 내 인생에서 사라지고 말지도 모르는데. 결국 장명익 때문에 아무 죄 없는 내가 제일 손해 보는 것 아닌가. 한 보만, 딱 그만큼만 양보하자. 단단히 결심했다. 만약 장명익이 또다시 저런 짓을 벌인다면 그땐 정말로 가만히 있지 않으리라. 내가 먼저 발 벗고 나서서 경찰에 신고하리라. 고등학생이 되면 맥도널드에서 아르바이트라도 해 생활비와 학비를 벌 수 있을 것이다. 장명익 때문에 내 생활까지 무너지는 일은 막을 수 있을 것이다. 그때쯤이라면.

　이번엔 엄마에게 빨리 사실대로 말하는 게 좋겠다는 판단이 들었다. 채유진 앞에서 무릎을 꿇든 머리를 조아리든 간에, 수사 결과가 나오기 전에 미리 사죄하고 합의 본 다음 신고를 취소하게 만들어야 했다. 머릿속으로 아무리 계산기를 두들겨 봐도 그게 맞았다. 나를 위해서도, 엄마를 위해서도. 물론 채유진을 위해서도. 나중에 댄서가 되든 연예인이 되든, 적을 만들어 놓거나 성추행 사건의 피해자였다는 기록이 남으면, 좋을 일이······.

'웨에엥.'

머릿속에서 사이렌이 울렸다.

'너 지금 완전 가해자처럼 생각하고 있는 거 알아?'

07

———

주은희 씨는 집 안 환기를 위해 베란다 문을 자주 열어 둡니다. 물론 방충망은 열지 않죠. 명익이가 벌레를 어지간히 싫어하거든요. 그런데 벌레 좀 잡아먹고 돌아오니 새시뿐 아니라 방충망까지 열려 있습니다. 이게 무슨 일일까요? 저는 1초 정도 고민하다가 후다닥 안으로 들어갔습니다. 그렇게 이 집 사람들을 매일 관찰하고 같은 식구인 척, 친한 척 턱끈펭귄 앞에서 으스대곤 했지만 사실 이 집의 내부가 어떻게 생겼는지는 한 번도 본 적이 없었어요. 드디어 절호의 기회였죠. 혼자 내적 친밀감 가지고 백날 살아 봤자 인간들이 똑같이 생각해 줄 것 같냐고 턱끈펭귄이 욕할 때마다 마음 한쪽이 쓰라렸는데 이런 기회가 생기다니!

너무 신이 났는지 부리에서 저도 모르게 뿍, 뿍뿍 하고 추임새가 나오더라고요.

"와."

방충망 밖에서 빼꼼 들여다볼 때와는 얼마나 다른지요. 거실은 깨끗했습니다. 은희 씨가 가끔 하던 말이 떠올랐습니다.

"겉모습만 그럴 듯하게 꾸미고 자기 방을 못 치우는 사람은 되지 말자. 응? 명하 명익, 알겠어?"

잔소리 드문 은희 씨가 그나마 가장 많이 하는 말이죠. 먼지 하나 없이 깔끔한 바닥에 러그가 깔려 있었어요. 행여 발자국이 날까 봐 저는 날개를 조금씩 퍼덕여서 최대한 발에 체중을 싣지 않도록 애를 썼습니다.

벽에는 쌍둥이가 어렸을 때 함께 찍은 가족사진이 걸려 있었어요. 세상에, 어찌나 귀여운지! 넋을 놓고 소파에 앉아 그 사진을 들여다보았죠. 은희 씨야 워낙 동안이고 패션 센스도 좋으니, 머리 색 말고는 크게 달라진 것 같지 않았습니다. 놀라운 건 쌍둥이였어요. 너무나 부드러우면서 동시에 쫀득할 것 같은 볼살과 깨끗한 피부, 둥그런 눈과 콧대 없이 콧방울만 봉긋 솟아오른 코, 그리고 세모난 입술……. 종을 막론하고 새끼는 다 귀엽다더니 어쩜 저렇게 앙증맞을까요? 아쉬웠습니다. 제가 조금 더 일찍 태어나 쌍둥이의 어린 시절을 볼 수 있었다면! 물론 그랬다면 지금처럼 여기저기 활개 치고 다니는 모습은 못 보고 벌써 죽었겠지만 말입니다.

쌍둥이의 방은 닫혀 있었습니다. 누가 쌍둥이 아니랄까 봐 둘의 방문에는 똑같은 팻말이 걸려 있었지요.

'노크 필수. 함부로 들어오지 마시오.'

그때 어디선가 말소리가 들려왔습니다. 깜짝 놀라 소파에서 미끄러져 바닥으로 떨어져 버렸어요. 바닥에 러그가 깔려 있기에 망정이지 아니었으면 날갯죽지가 꽤나 아팠을 뻔했습니다.

목소리가 흘러나오는 곳은 안방이었어요. 왜 그 안에 사람이 있다는 걸 미처 몰랐을까요?

안방 문은 완전히 닫혀 있지 않았습니다. 문틈으로 목을 조금 집어넣으면 이야기를 놓치지 않고 엿들을 수 있을 것 같았습니다. 이런 기회가 또 있나요. 질러야지요.

"……제대로 알고 하는 말이니, 아니면 그냥 떠도는 소문을 들은 거니?"

이건 은희 씨의 목소립니다. 이상하다, 왜 이렇게 건조하고 딱딱하게 들리지요? 그 목소리가 다시 묻습니다.

"증거 있냐고 엄마가 묻잖아."

뒤따라오는 건 명하의 목소리입니다.

"말했잖아, 내가 장명익 노트북에서 직접 봤다고."

"명익이, 친구들한테 노트북 자주 빌려줘."

"뭐?"

"그놈들 중 하나가 그랬나 보다."

"무슨 말이야?"

"명익이 이번 학기에 조별 수행 평가가 네 개나 있었어. 엄마 때문에 우리 집에 오는 걸 친구들이 부담스럽다고 다 남의 집 가서 했고, 그때마다 노트북 들고 갔어. 자기 노트북이 제일 좋은 거라 애들이 자기 거 쓰려고 한다고 불평했던 거 너도 전에 들었잖아. 저녁 먹다가."

"근데 엄마, 아니라니까? 솔직히 장명익 노트북 쓴 애가 있다 쳐, 옆에서 장명익이 쳐다보고 있는데 어떻게 채유진한테 그렇게 디엠을 보내? 그것도 하루 이틀이 아니라니까. 거의 매일 보냈어, 거의 매일! 그렇게 매일매일 남의 집에서 소멸 수행 평가를 했다고? 장명익이? 평일 새벽 한 시에 보낸 디엠도 있다고!"

"장명하, 너."

"뭐."

"어떻게 가족을 먼저 의심할 수가 있니?"

"뭐?"

"엄마 배로 명익이 낳아 키웠어. 내 애는 누구보다 내가 잘 알아. 그럴 수 있는 애 아니야. 그럴 만한 담력도 없어. 너도 명익이랑 같이 자랐잖아."

이 심상치 않은 분위기는 뭔가요. 이런 장면을 바라고 잠입한 게 아니었는데……

누군가 벌떡 일어나는 기척이 들렸습니다. 저는 서둘러 뒤로 물러섰습니다. 가슴이 벌렁거리며 위아래로 바쁘게 움직여서 숨이 찼습니다.

그리고 저만큼이나 빠르게 방망이질하는 누군가의 심장 박동 역시 들려왔습니다. 그런 걸 들을 수 있느냐고 누군가 태클을 건다면, 글쎄요……. 뾰족하게 과학적으로 설명을 할 순 없지만 분명히 저는 느꼈다고 대답할 수밖에 없습니다. 세상에 아주 확실하고 반박할 수 없는 근거를 들어 설명할 수 있는 일들이 몇 개나 될까요? 저는 분명히 듣고 느꼈습니다. 쿵, 쿵쿵, 쿵기덕쿵쿵.

"엄마도 똑같아. 엄마가 욕하던 학부모들이랑 똑같이 자기 애밖에 모르는 멍청이."

"앉아, 장명하."

"됐어. 내가 바보지. 어, 그래. 경찰서에서 장명익 찾아오면 경찰들 앞에서도 똑같이 말해 봐!"

"야!"

"그렇게 말하면서 감싸 보라고, 사람들이 뭐라고 할지 궁금해 죽겠네."

"어떻게 그런 말을 해. 당장 앉으라고 했어!"

"범죄자 아들 두셔서 오지게 행복하시겠어요!"

안방 문이 활짝 열리기 직전에 간신히 거실에 놓인 어항 뒤로 숨었습니다. 어항 안에서 눈을 끔벅대던 열대어들이 깜짝 놀라 파르르 떨며 경기를 일으켜서 미안했지만 어쩔 수가 없는 걸요. 그나저나 저기 갇혀 사는 열대어들은 저 같은 새를 본 적이 있을까요?

푸른색의 물과 공기 방울 사이로 명하의 모습이 눈에 들어왔습니다.

"씨발……."

명하는 주먹으로 눈가를 훔치며 쿵쿵 소리 내어 걸었죠. 서러면 아래층에서 시끄럽다고 쫓아올 텐데. 오지랖 넓은 걱정을 잠시 하는 사이 명하는 그대로 운동화를 구겨 신고는 밖으로 나갔습니다.

"장명하!"

은희 씨가 뒤늦게 소리쳤지만 명하는 이미 나간 후였습니다. 아직 공기가 찬데, 집에서 입는 맨투맨 티셔츠에 보풀 가득한 낡은 트레이닝 바지 차림이었죠. 외투 하나 걸치지 않고! 저는 빠르게 다시 베란다 밖으로 나갔습니다.

곧 명하의 뒤통수를 내려다볼 수 있었습니다. 전력을 다해 뛰는 동시에 엉엉 울면서 어디론가 전화를 거는 명하를 말이지요.

큰일이다. 명하가 울고 있어. 이 집 애들은 요새 왜 이렇게 우는 거야. 신경 쓰이게, 진짜!

저는 날개를 펼쳤습니다.

08

―――

엄마까지 이러니 누군가에겐 털어놓아야 살 수 있을 것만 같았다. 자초지종을 들은 아진이는 두 손을 허공으로 번쩍 들더니 다시 소리를 질렀다.

"헐! 미쳤다!"

"진짜 비밀이야, 진짜."

"당연하지."

아진이는 나를 덥석 끌어안았다.

"미쳤다 진짜. 얼마나 힘들었냐 너."

역시 아진이밖에 없다. 울음이 났는데 아진이가 새로 산 후드티를 입고 있어서 눈물, 콧물이 어깨에 묻을까 봐 꾹 참았다. 상관없다고 말은 하지만 아진이는 얼굴에 드러난 감정을 잘 숨기지 못한다.

"나 어떡하면 좋을까? 경찰 조사에서 장명익이 그런 거라고 밝혀지면 어떡해?"

"손절해야지."

아진이가 바로 대답했다.

"네가 가족인데 감싸면 너만 더 욕먹는 거 알지? 차라리 먼저 욕하는 게 낫지."

"엄마는? 나 진짜, 우리 엄마가 그런 식으로 반응할 줄은 몰랐는데. 장명익 깠다고 엄마가 나 미워하고 쫓아내면 나는 어떡해?"

"내 방에 와서 있을래?"

"진짜?"

아진이가 고개를 끄덕였다.

"내 방에서 지내면서, 아르바이트하면 되지. 솔직히 우리 이제 혼자 살 수 있는 나이 아니냐? 집에서 엄마가 뭘 해 주는데? 돈 벌어 오는 거 말고. 아르바이트하면서 돈 모으다 보면 언젠가 부르겠지. 호적에서 파겠어? 그리고 잘못한 사람이 누군데? 네가 아니라 장명익이잖아."

"그렇지."

"그 사달이 났는데도 자식이라고 감싸고돌면, 좋은 엄마자격 없는 거야. 손절해야지 그럼."

"맞아."

도리가 아닐까 싶어 차마 못한 말을 아진이가 다 해 줘서 마음이 조금은 편안해졌다.

"채유진 걔는 진짜……."

아진이가 중얼거렸다.

"어디까지 갈 생각이지?"

최아진, 떡 벌어진 어깨가 멋진 친구다. 역사 쌤이 "채유진, 최아진. 이름은 비슷한데 생긴 건 어찌 그렇게 다르냐? 채유진이는 모델 같고, 최아진이는 완전 유도하는 선머슴 같네."라고 말한 적이 있다. 생활한복을 입고 다니고 배가 남산만 해서 언제 빵 터질지 조마조마하게 만드는 할저씨인데, 아진이는 언젠가 졸업하기 전엔 꼭 그 배에 송곳을 박아 넣을 거라고 한다. 풍선처럼 터뜨려 버릴 거란다.

아진이라면 그럴 수 있을 거라고 생각한다. 아진이는 몸 쓰는 건 다 잘 하니까. 심지어 시력도 어마어마하게 좋다. 쇼우 1.5라고는 하지만 내 짐작으로는 분명 그 이상이다. 일반 시력 검사로는 측정을 못 하는 게 분명하다. 가끔 아진이의 장대한 기골과 무시무시한 시력 때문에 몽골 기마 민족의 후예가 아닐까 의심해 본 적도 있다.

"경찰은 범인 찾아도 채유진보다 학교에 먼저 연락할걸? 일 심각해지기 전에 빨리 합의 보라고. 어른들은 흔히 그러잖아. 내가 교무실에 첩자를 심어 놓을게. 연락 오면 바로 알 수 있게."

"어떻게?"

"장명익네 담임 알지? 쌩초."

"알지 알지."

스물여섯 초임 남자 선생이다. 개학식 날 지각했던. 판서도 엉망이면서 연습할 생각도 하지 않는. 우리는 모두 '쌩초짜'를 줄여 '쌩초'라 부른다.

"쌩초 여친이 내 과외 쌤이걸랑."

"뭐?"

와, 역시 한 다리 건너면 다 아는 규모의 항만시. 여기서 나고 자랐지만 새삼 신기하다. 아니, 그나저나……

"쌩초……한테도 여친이 있냐?"

"어. 무려 과씨씨 5년."

"미쳤네."

"어쨌든 쌩초가 과외 쌤한테 맨날 징징거리면서 학교 얘기 다 한대. 과외 쌤도 썰 풀면서 시간 날로 먹는 거 어지간히 좋아하거든. 내가 쌤 올 때마다 슬쩍 물어볼게."

내 인생의 축복, 삶의 구원자, 최아진. 찬양하라.

집에 들어가지 않았다. 시내에서 속옷과 양말을 샀다. 사복은 아진이에게 빌려 입고, 교복은 어차피 학교 가면 바로 체육복으로 갈아입으니까, 교복 안 입은 것 걸리지 않으려면 좀 일찍 등교하면 될 것 같았다. 아진이는 교복이 갑갑해서 싫다며 매일같이 일찍 등교하고는 했다. 바지 교복이라면 좋을 텐데 항문중학교가 그걸 허용할 리 없다. 교사인 엄마의 옴브레 염색조차 펄펄 뛰며 용납 못하는 교장이 위에 떡 버티고 있으니까. 엄마는 박해받아도 신경 안 쓰는 것 같지만……

아, 엄마 생각은 더 하고 싶지 않았다.

아진이는 혼자 산다. 다른 가족들은 모두 항만시로부터 차로 30분 떨어져 있는 의연군에서 농사를 크게 짓는데, 그 동네에 중학교가 없기 때문에 아진이 혼자 항만시에서 방을 얻어 자취하는 중이다. 우리는 죽을 만큼 부러워하는데 정작 아진이는 집안일이 너무 귀찮단다. 숨만 쉬며 살아도 자취방이 더러워진다나. 무섭긴 않으냐고 묻자 오히려 담담하게 말했다.

"야, 바퀴벌레랑 결로랑 내 머리카락이 더 무서워."

김피탕을 포장해 와서 먹고 배를 통통 두드리다 불을 끄고 좁은 이불에 딱 붙어 누웠다.

"내일은 내가 청소할게."

아진이가 픽 웃었다.

"너 청소할 줄은 알아? 맨날 엄마가 해 줄 거 아냐."

"우리 엄마가 나 엄청 부려 먹거든? 내 생활력 무시하냐?"

"아니. 알겠어. 감사."

◇◇◇◇◇

엄마가 교무 수첩을 품에 안고 우리 반 앞을 어슬렁거렸다. 뻔했다. 내가 등교했는지 확인하려는 거겠지. 그러면서도 화해의 시그널을 먼저 보내고 싶지 않아서 말 한마디 걸지 않고 곁눈질만 하는 거였다. 웃겼다. 저러면서 맨날 남들 앞에서는 쿨한 척, 멋진 척 다 하고.

"하여간 더럽게들 쓴다니까."

이번 주 교무실 폐휴지 당번은 우리 반이었다. 나와 아진이는 폐휴지를 담은 플라스틱 바구니를 끙끙거리며 쓰레기장까지 들고 갔다. 엎어서 버리려고 했지만 양이 너무 많아서 바구니를 뒤집을 수가 없었다. 결국 손으로 하나하나 집어서 폐휴지 산으로 던졌다. 과자 상자가 엄청 많았다. 초코파이, 몽쉘, 크라운산도, 참붕어빵. 아진이는 낮은 목소리로 투덜거렸다.

"성장기도 아니면서 이렇게들 먹으니까 살만 찌지, 선생들."

"어?"

어디선가 익숙한 목소리가 들려왔다.

"아진아, 쉿!"

나는 아무 생각 없이 검지를 세워 입술에 대었다가 몸서리쳤다. 아, 이거 폐휴지 만지던 손이잖아!

'쌩초?'

아진이가 소리 내지 않고 입 모양으로 물었다. 나는 고개를 끄덕였다. 쌩초가 누군가와 통화하고 있었다.

+ + + + +

학교로 연락이 간 걸까, 가지 않은 걸까. 아직도 가지 않았다면 경찰은 뭘 하고 있는 걸까. 만약 연락이 갔다면 왜 담임도, 학생부장도, 그 누구도 나를 불러서 어떤 일이 벌어졌는지 자초

69

지종을 묻지 않는 걸까?

정말 큰 용기를 내서 신고를 한 건데 공기가 하나도 없어서 소리가 전달되지 않는 우주에서 혼자 악을 쓴 것처럼 되어 버렸다. 누군가 들은 낌새가 전혀 없다. 심지어…… 메아리도 없다.

응원해 주던 사람들의 댓글도 이제는 그냥 죽은 박제 같다. 디엠남을 고소한다는 글은 아직도 인스타그램의 맨 첫 번째 게시물이다. 다른 걸 올릴 수가 없다. 사진을 새로 올리고 싶고, 멋있는 아이돌의 커버 댄스도 올리고 싶고, 요새 공부 시작해서 공스타그램도 올리고 싶은데, 그 고소 게시물이 밀려서 묻힐까 봐, 결국 아무도 기억하지 못하게 될까 봐 못 올리겠다. 팔로워를 다 버리고 계정을 새로 팔 수도 없는 노릇이다.

답답하고 슬프다. 내가 뭘 잘못했길래 혼자 이렇게 괴로워해야 하나.

디엠남은 어떨까? 하루하루 시간이 지날수록 안심하고 있겠지. 아무 일도 일어나지 않으니까. 친구들이랑 나를 엄청 비웃고 있을 수도 있다. 두렵다. 그딴 짓을 저질러도 아무 벌을 받지 않게 된다는 걸 나 때문에 알게 될까 봐. 그래서 마음 놓고 다른 사람들에게도 똑같은 짓을 할까 봐, 그게 너무 무섭다. 어쩌면 재범일 수도 있겠구나, 그래서 걱정 한 톨 없이 나에게 그런 짓을 했는지도.

나를 안 좋아하는 애들은 은근 고소해하는 표정이었다. 화장실에 있었는데 어떤 애들이 밖에서 하는 이야기를 우연히 듣게 되었다. 경찰에서 아무런 이야기가 오지 않는 걸 보니까 채유진이 관심 받으려고 조작한 거 아니냐고. 눈물이 멈추지 않아서 3교시에 들어가지 못했다.

09

가출 청소년들을 관찰한 때가 많았습니다. 혹시 명하도 그렇게 고생을 할까 걱정이 되어서 명하만 쫓아다니느라 명익이나 주은희 씨는 신경도 못 썼네요. 다행히 친구 집에서 고이 자고 학교에 잘 출석한 것을 보니 마음이 놓이지만요.

냄새가 정말 고약합니다. 학교 선생들은 절대 신경 쓰지 않는 쓰레기장. 학교의 쓰레기를 누가 처리하는지 아는 선생이 얼마나 될까요? 이곳을 쓰레기장이라기보다는 흡연구역으로 인식하고 있을 겁니다. 자기들이 바닥에 아무렇게나 버린 담배꽁초를 주워 가는 애들이 있는 걸 알까요? 어떤 애들은 여전히 남이 버린 꽁초를 주워 더러운 필터에 입을 댑니다.

저기서 담배를 피우며 통화하고 있는 남자는 명익이네 담임입니다. 이 흡연 구역의 제일가는 단골이지요.

"자기야, 내가 말했잖아. 담타를 안 가지면 선배 쌤들이랑 친해질 수가 없다니까. 담배를 피우고 싶어서 피우는 게 아니고. 사회생활을 위해서지, 나도 담배 피우기 싫어, 몸에도 안 좋은 거 알아. 근데 인맥이란 게 있잖냐."

비장한 정도로만 따지면 일제 강점기 제 한몸 바치는 독립투사 같네요.

"근데 자기야, 지금은 혼자야. 너무 속상해서 한 대 피우러 나왔어. 오죽 속상했으면 이러겠어, 오죽 그랬으면."

명하와 명하 친구가 몸을 움츠린 채 벽에 붙어 있습니다. 반가운 마음에 그쪽으로 더 가까이 다가가려 날개를 펼치는데, 이어지는 남자의 말이 발목을 붙듭니다.

"경찰에서 전화가 왔다니까. 옆옆 반 여자애가 맨날 성희롱 디엠을 받는다고 신고를 했대. 근데 범인을 추적해 보니까 우리 반 애라나. 대박인 건 그 남자애가 내가 전에 얘기했던 페미 국어 알지? 그 국어 아들이에요. 이를 어쩌면 좋냐?"

페미 국어?

"나도 디엠들 봤는데 별거 아니야. 남자애들끼리 할 만한 얘기, 뭐 그렇게 심한 것도 아니야. 그런 얘긴 자기들끼리 할 것이지 그걸 멍청하게 왜 여자애한테 보내서 이 꼴이 나게 만드는지, 지능이 제 엄마를 똑 닮은 건지."

이게 다 무슨 소리인가요?

"자기도 알잖아. 사춘기 애들이 얼마나 욕구 불만에 차 있는지, 이런 걸 가지고 신고하면 애들은 어떻게 살라고, 어린애가 실수할 수도 있는 걸 가지고. 지금 머리 아파 미치겠어. 페미 국어 아들이라니까 더 열 받는다. 이거 결국 다 내 업무잖아. 학폭위가 열리든 합의를 하든 어쨌든 다 내 일인데……. 아, 골치 아프다 진짜. 이거 어떡하냐?"

전화 상대가 조금 길게 말을 했는지 쌩초는 잠시 듣고만 있다가 다시 입을 열었습니다.

"여자애가 아주 지독해. 자기밖에 모르는 애야. 그러게 누가 교복 줄여 입고 다니래 진짜. 학생은 학생다워야 보기 좋지. 걔는 완전 싹수가 노랗지. 문란해, 관상부터. 끼가 있어."

아. 똥이 마려워야 하는데. 저 정수리에 시원하게 싸야 하는데. 아침에 뭘 잘못 먹어서인지 항문이 단단히 막혀 버렸지 뭐예요. 힘을 주다 포기하고 다시 명하와 친구 쪽을 보았습니다. 애들은 감정을 숨기지 못하네요. 누가 보면 롤러

코스터 열다섯 번을 타고 내려왔다고 생각할 거예요. 그 정도로 메스꺼운 표정을 짓고 있습니다.

"응, 자기야, 이따 봐, 사랑해. 움움, 쪽쪽."

두 학생은 서로의 어깨에 매달려 소리 없이 울부짖었습니다.

남자가 통화를 끝내고 쓰레기장을 떠났습니다. 명하와 친구는 텅 빈 폐휴지함을 들고 털레털레 교무실로 돌아갔지요. 그제야 정신이 번쩍 들었습니다. 제가 방금 뭘 들은 거지요?

명익이가, 그 조용하고 소심하며 수줍게 웃는 모습이 예쁜 명익이가! 침도 삼킬 줄을 몰라 길에 찍찍 뱉고 다니는 다른 애들과는 차원이 다른, 우리 명익이가! 그림 잘 그리고 시집을 읽고 엄마와 뮤지컬과 전시를 보러 근처 광역시까지 나들이를 가는 효자 명익이가! 턱끈펭귄이 인간에겐 결단코 미래가 없다고 일갈할 때마다 그렇지 않다는 근거의 1순위가 되어 주었던 명익이가!

안방에서 명하와 은희 씨의 다투는 소릴 들었을 때까지만 하더라도 분명히 오해가 있을 거라 확신했습니다. 명하가 거짓말할 아이는 아니지만 덤벙대면서 무언가를 잘못 보고 섣불리 판단할 가능성은 농후하다고 생각했으니까요.

게다가 저는 명익이가 우는 걸 봤잖아요? 만약 진짜 잘못을 했다면 울어선 안 되죠, 잘못을 저질러 놓고 불쌍한 척 울면 도리가 아니잖아요? 그러니 무슨 일이 있건 간에 명익이는 억울할 것이라고, 저는 지레짐작했던 겁니다.

그런데 정말로…… 경찰이 명익이가 범인이라고 했다고요?

부끄럽지만 그 순간 턱끈펭귄이 가장 먼저 떠올랐습니다. 인간을 미워하는 턱끈펭귄이 이 일을 알면 얼마나 의기양양해 할까요. 얼마나 놀려 댈까요. 아마 죽을 때까지 제 주위를 위성처럼 돌며 깝죽댈지도 모릅니다.

아, 장명익, 진짜. 날 이렇게 쪽팔리게 만들다니. 확 쪼아 죽여 버릴까.

눈을 질끈 감았다가 다시 번쩍 떴습니다. 명익이에게 벌을 주면서도 은희 씨와 명하를 덜 아프게 할, 그리고 무엇보다도 턱끈펭귄이 절대로 이 사건에 대해 일언반구 못하게 할 방법은 없을까. 머리를 굴리는 수밖에 없었습니다.

참, 인간들은 생각이 짧고 단순한 사람을 일컬어 새대가리라고 하더라고요? 웃겨 죽겠습니다. 우리가 알에서 나오기 전부터 가지고 있는 물리 지식으로 수능을 치면, 눈 감고 봐도 만점 받을걸요?

10

———

아진이가 과외를 받는 두 시간 동안 자취방을 비워 줘야
했다. 만만하게 갈 곳이라곤 코인 노래방뿐이었다. 마이크
에 대고 고래고래 소리를 질렀다. 뭐든 다 잘하는 것 같은
엄마가 정말 못하는 게 바로 노래다. 음감이란 게 아예 전무
하다. 음악을 좋아하는데 어디서도 따라 부를 엄두를 내지
못하니 그렇게 속상하단다. 나는 엄마를 닮지 않았다. 기본
은 확실히 한다. 특히 음색이 좋고 랩이 찰지다는 얘기를 친
구들에게 많이 듣는다.

엄마가 절대 못할 노래들을 한 시간 반이나 부르고 나니
화가 조금은 풀리는 것 같았다.

'그래. 그 사람도 완벽하진 못하겠지. 딸인 내가 호되게

가르쳐야지.'

마이크를 놓고 일어서자 출출했다. 주머니를 뒤져 보니 아직 사정이 괜찮았다. 체크카드에도 용돈이 남아 있을 거다.

저녁에 아진이랑 즉석 떡볶이를 먹기로 했으니까 지금은 간단하게 삼각 김밥에 라면이나 때려야지, 하고 편의점에 들어갔다. 컵라면에 물을 받아 놓고 삼각김밥을 뜯었다. 통창을 마주하고 서서 칠칠치 못하게 김가루를 흘리며 삼각 김밥을 먼저 물었다. 매운 라면 냄새가 나기 시작했다.

"어?"

통창 너머로 보이는 넓은 광장에 방송댄스부가 보였다. 몸을 푸는 것을 보니 틱톡 챌린지라도 할 모양이었다. 공연할 거란 소식은 못 들었는데. 춤출 멤버들이 하나, 둘, 넷…… 일곱. 카메라를 든 아이는 둘. 가장 맨살을 많이 드러낸 건 채유진, 살을 더 뺀 모양이었다. 보나 마나 센터겠지. 팔뚝엔 타투 스티커를 붙인 것 같았다. 광장에서 한가롭게 볕을 쬐던 산비둘기나 참새 따위가 댄스부 애들의 난입에 우르르 쫓겨났다. 지나가던 사람들이 금세 걸음을 멈추고 둥그렇게 몰려들기 시작했다.

무슨 노래에 맞춰 춤을 추나 궁금했지만 편의점을 나가

고 싶진 않았다. 걸스힙합부의 체면이 있지, 쟤들 춤추고 주목받는데 가장자리에서 구경하는 꼴을 보이느니 죽는 게 낫다. 춤은 우리가 쟤들보다 백배는 잘 춘다고, 쟤들은 긴 생머리 흔들기나 하지. 산발 머리 흔들면 춤 잘 추는 것처럼 보이는 거 누군 몰라서 머리 안 기르나?

여자 댄서들이 실력을 겨루며 서로에게 엄지를 치켜세우고 얼싸안았던 TV프로가 히트를 쳤다. 솔직히 되게 멋있었다. 방송댄스부와 걸스힙합부를 눈엣가시처럼 여기며 딴따라라 부르던 선생들이 이젠 게걸스러운 눈으로 우릴 바라보기 시작했다. 지난주엔 무려 교감이 우리를 불러서 걸스힙합부와 방송댄스부가 협업하여 축제 때 폼 나는 무대를 기획해 보라고 시켰다.

어른들은 멋있는 언니들을 닮으라고 말하고 우리를 드디어 인정해 주는 척하면서 또 스리슬쩍 자기들이 원하는 입맛대로 우리를 몰아가려고 들었다. '그 언니들끼리는 서로 친하잖아. 미워하고 질투하지 않지? 나쁜 여자처럼 드세게 생겼지만 알고 보니 착하고 의리 있잖아. 거친 줄 알았더니 시원시원하고 뒤끝 없잖아. 너희도 닮아야지, 그 멋진 언니들.'이라고 말하며 또 다른 틀을 마음대로 만들었다. 댄서들은 끝내주게 멋있지만 그 이미지를 멋대로 소비하는 어른들은 별로 멋지지 않았다.

교감도 그런 말을 했다. 너희도 무익한 기 싸움하지 말고 댄서 언니들을 본받아 서로에게 '도움'이 되라고. '이왕 얌전하지 못하게 태어난 거, 발전적인 방향으로 드세지면 어디가 덧나냐면서. 결국엔 도돌이표다. 자기들 입맛대로 우릴 속박하려 드는 거.

첫 곡이 시작되었다. 음악이 편의점 안까지 들리지 않았지만 동작을 보니 무슨 곡인지 알겠다. 할머니, 할아버지, 아주머니, 아저씨 들의 핸드폰이 이름도 모를 여중생들의 춤을 담아 간다. 프라이버시도 초상권도 모르는 몰지각한 어른들의 밴드와 카카오스토리에 채유진의 얼굴과 몸이 박제될 것이다.

아진이에게서 전화가 왔다. 과외가 끝났나 보다.

"어디임?"

"예스코노 앞 씨유."

"금방 떡볶이 먹을 건데 뭐 벌써 먹고 있냐?"

"애피타이저."

"오키, 나 과외 끝났어. 간다."

국물을 꿀꺽 삼키고 기침이 터져 나오는 걸 꾹 참으며 물었다.

"과외 쌤이 뭐 얘기해 준 거 있어?"

"있는데 전화로 하긴 그래. 떡볶이 끓이면서 말하자."

불안하게, 왜 질질 끌어.

아진이는 금방 편의점에 도착했다. 방송댄스부 애들 몇몇이 아진이를 본 것 같았지만 인사는 서로 하지 않았다. 그 정도로 친하진 않다.

"야, 저 사람 눈 봐. 진짜 변태 같다."

아진이는 낄낄 웃으며 유리창 너머의 사람들을 손가락질했다. 나는 억지로 웃었다. 아진이에게도 결국 장명익 사건은 남의 식구네 근심일 뿐인 걸까.

"야, 저 새 봐. 완전 아이솔레이션 장인인데."

아진이가 날아가지 않고 뻔뻔스레 사람들 사이에 끼어 있는 새 한 마리를 가리켰다. 심지어 박자에 맞춰 목을 까딱거리고 있다. 아이솔레이션은 목과 어깨가 완전히 분리된 것처럼 따로 움직이는 기술인데 내가 가장 습득하기 힘들었던 동작이기도 하다. 완전히 익숙해져서 노래를 부르면서도 출 수 있는 건 피나는, 아니, 담 걸리는 연습 덕이었다.

"근데 저 새는 색이 진짜 특이하다. 되게 예쁘네."

"곤줄박이야."

똑같은 걸 엄마에게 물었던 기억이 났다.

"엄마, 우리 집 베란다에 둥지 튼 저 새는 어쩜 저렇게 예뻐? 이름이 뭐야?"

곤줄박이라고 가르쳐 준 사람이 엄마가 아니라 옆에 있던 장명익이었던 기억도.

"우리 집 베란다에도 곤줄박이가 둥지 틀고 살아."

"아 진짜? 신기하네. 사람을 무서워하지 않나 봐."

"쟤들이 뭘 알겠어."

식어 빠진 라면 국물을 쏟아 버렸다.

"사람이 제일 무서운 법인데."

아진이가 나를 빤히 바라보았다. 조금 머뭇거리더니 입을 열었다.

"얼른 떡볶이 먹으러 가자. 할 말이 많아."

아진이는 일부러 광장 쪽을 보지 않고 걸었다. 사람들이 환호하는 소리가 들렸다. 우리를 좇는 채유진의 눈길이 느껴졌다.

범인이 누군지 채유진은 이미 알고 있는 걸까? 그래서 나를 저렇게 집요하게 응시하는 걸까?

당당하게 마주 째려보고 싶었다. 그런데 고개가 바로 서지 않았다. 대신 곤줄박이나 바라봤다. 귀여운 새. 나도 그냥 아무 생각 없이 노래 부르고 하늘을 날고 알이나 낳는 곤줄박이가 될 순 없을까. 아니, 알은 절대 안 낳고 싶다. 누구 속을 얼마나 썩이자고. 아무래도 무자식 상팔자란 말이 진리인 것 같은데.

◇◇◇◇◇

2인분 세트에는 커다랗고 바삭한 통오징어 튀김이 함께 나왔다. 크기가 거의 바다 괴물 급이었다. 아진이가 집게로 오징어를 들어 잘라 주었다. 자취하며 조리 도구를 다루는 덴 완전히 도가 튼 애다. 다른 사람이 서투르게 음식을 난도질하는 걸 견디지 못한다. 남이 자른 튀김과 아진이가 자른 튀김은 전혀 다르다. 아진이가 자르면 알맹이와 튀김옷이 따로 놀지 않는다.

"좋은 소식이랑 나쁜 소식이 있어. 뭐부터 들을래?"

앞접시에 떡볶이와 튀김을 가득 담아 주고는 아진이가 물었다. 내 성격엔 당연히…….

"좋은 소식부터."

"역시 제 손바닥을 벗어나지 않으십니다. 그래, 좋은 소식부터."

옆자리에서 항만대학교 학생들이 시끌벅적하게 떠들고 있었다. 아진이의 목소리를 듣기 위해 아진이 쪽으로 몸을 완전히 숙였다.

"장명익, 아무 징계 안 받을 거 같대."

"뭐?"

"야! 존나 아프네! 공룡이냐!"

너무 놀라서 그만 아진이의 앞니를 정수리로 들이받아 버렸다. 아진이는 입술이 터진 것 같다며 징징거렸다. 철 맛이 난다나. 아니, 그거 네가 숟가락 너무 쪽쪽 빨아서 나는 맛이야. 말했더니 또 급발진한다. 머리로 들이받은 게 누군데 지금, 어쩌고저쩌고…….

"미안해. 근데 왜, 왜 징계 안 받아? 장명익이 한 게 아니야? 범인이 따로 있어?"

"아니. 장명익이 가해자인 건 맞아. 확실해."

빤히 아는 사실인데도 아진이가 그렇게 단정 지으니 짱짱한 고무줄로 심장을 묶은 것처럼 가슴이 갑갑하고 아팠다.

"그런데 왜 징계를 안 받아?"

"그게 바로 나쁜 소식이야."

아진이가 눈을 커다랗게 뜨고 심호흡을 했다. 상체를 부

풀리더니 허리를 폈다.

"너 항만중학교에서 누가 사고 쳤단 얘기 들은 적 있어?"

"많지."

"강제 전학이나 퇴학당했단 얘긴?"

"아니. 들은 적 없다. 그러네. 진짜 한 번도."

아진이가 다시 물었다.

"그게 어떻게 가능했을 것 같아?"

11

당연히 명하를 염탐하고 싶었는데 떡볶이를 먹겠다고 가게 안으로 쏙 들어가 버렸으니 별수 있나요. 계속 채유진과 방송댄스부를 구경할 수밖에 없었습니다. 그마저도 사람이 점점 많아지고 고약한 인간 체취가 심해지는 바람에 인간들과 같은 눈높이에서 춤을 보겠다는 목표를 이루지 못했죠. 결국엔 근처 3층짜리 건물의 처마로 올라가야 했어요. 그곳엔 중고등학생들이 수없이 드나드는 카페가 하나 있습니다. 온통 꽃으로 꾸며진 카페인데, 사진이 잘 나온다고 인기가 많다더군요.

방송댄스부의 광장 공연이 끝나고 20분쯤 흘렀을까요. 사람들도 다 흩어지고 열기도 식어 저는 흥미를 잃고 처마에서 꾸벅꾸벅 졸던 참이었습니다. 흐려진 의식을 비집고 익숙한 목소리가 들려왔습니다.

"결혼하면 신혼여행은 1년 동안 배낭여행 가자."

"대박! 나 오로라 보는 게 버킷 리스트거든, 오빠."

"그리고 돌아와서는 고양이 키우면서 살자."

"완전 귀엽겠다."

"근데 오빠, 이거 진짜 맛있다."

내가 잘못 들었나, 잠이 확 깼습니다. 인간들은 소리가 잘 안 들리면 귀를 후비던데 제겐 손가락이 아니라 날개가 있으니 이를 어쩌나요. 숨을 완전히 죽이는 수밖에요.

명익이 목소리였습니다. 상대편 여자 목소리는 익숙하지 않았지만 처음 듣는 소리도 아니었죠. 때마침 다미야, 라고 부르는 소리가 들려서 바로 알아챘어요.

"다미야, 우리 사촌 형은 첫사랑이랑 결혼했다? 12년이나 사귀고."

"헐, 완전 멋있어."

"우리도 그러자. 대학 가서도 사귀고. 유럽에 배낭여행도 같이 가자."

"우리 아빠가 오빠 죽이는 거 아니야?"

"내가 잘할 건데 왜 죽이시겠어. 완전 공주처럼 살게 할 건데."

어처구니가 없어서 웃음이 납니다. 열다섯, 열여섯 살이 무슨 결혼 이야기? 하긴, 인간들은 연애할 때마다 마치 이 사람이 생애 마지막 애인인 것처럼 간이며, 쓸개며 다 빼 주려 안달이긴 하더군요. 그리고 얼마 후 헤어진 다음, 다른 사람한테 똑같은 짓을 하는 겁니다.

평소 같았으면 이 대화를 듣고 귀여워 어쩔 줄을 몰랐겠지요. 그러나 잠깐만요. 명익이는 지금 이 사달을 벌여 놓고 무슨 정신머리로 연애질을 하고 있답니까?

"오빠, 나 사진 찍어 줘."

"진짜 예쁘다."

"인스타에 올려야지."

"인스타 비밀 계정 안 풀었지?"

"응. 오빠가 비계 하라며."

"세상에 이상한 사람들이 많아서 걱정 돼."

뭐라고? 화들짝 놀라고 말았습니다. 어떻게 저토록 뻔뻔스럽지? 안 되겠다.

저는 환풍구를 들여다보았습니다. 틈으로 안이 보입니다. 마침 가까운 곳에 정수리 두 개가 꼭 붙어 있습니다. 그 중 하나는 아주 익숙한 모양이었습니다. 틈이 너무 좁아 제가 직접 들어갈 수는 없을 것 같았지요.

그래도 방법이 있죠. 저는 주변을 살폈습니다. 물 맑고 공기 좋아 생명이 꽃피기 쉬운 항만시는 역시 큰 벌레와 거미가 많지요. 눈에 들어 오는 벌레들을 부리로 집었습니다. 일단 바퀴벌레, 다음은 거미, 그다음은 다시 바퀴벌레, 아마 그다음은 사마귀였던 것 같군요. 그것들을 꽉 문 다음 목구멍에 힘을 주었다가, 환풍구의 틈 안에 퉤 뱉었습니다. 최대한 멀리멀리 로켓처럼 날아갈 수 있도록 말이죠.

곧 비명이 울렸습니다.

몇 분 되지 않아 서둘러 건물을 나오는 두 정수리가 보이더군요. 다미는 거의 울기 직전이었습니다. 벌레에 질색하는 게 분명했죠. 저는 둘이서 또 어딜 들어가면 입구에서 똥을 갈겨 버릴 생각으로 커플 주위를 빙빙 돌았습니다. 그러나 다행히 명익이는 그냥 다미를 집에 데려다 주기로 한 모양이었습니다. 다미가 집에 들어가는 것까지 보고 나서야 저는 마음을 조금 놓았습니다.

장명익, 쟤, 대체 무슨 정신머리인지 모르겠습니다.

확실한 건 절대로 장명익의 저 이중적인 짓들을 턱끈펭귄에게 들켜서는 안 된다는 거죠. 아, 그 의기양양한 표정, 그럴 줄 알았다는 비웃음을 이 두 눈으로 목격해야 한다면…… 차라리 콱 뒈져 버리는 게 나을 것 같습니다. 혼자만 비웃으면 다행이게요. 입은 어찌나 싼지, 아마 한나절 만에 항만시 내의 모든 조류들이 명익이의 본색을 다 알게 될 겁니다. 그러면 전 쪽팔려서 살 수가 없을 테고요.

저는 장래 희망이 만수무강이기 때문에 어떻게든 이 사태가 잘 해결되도록 만들어야만 합니다.

12

—

"우리 학교 교칙에 대해 들어 본 적 있어? 교칙집 같은 거 본 적 있어?"

"그런 게 어디 공개가 되냐? 그냥 어디 두었다가 징계 줄 애들 생기면 그때나 펼쳐 보는 거 아니야?"

"나도 그런 줄 알았지. 그런데 아니야. 교칙이 없어. 항만 중에는."

"그럴 리가. 교내 봉사 하는 애들 많잖아. 담배 피웠던 애들, 학폭 걸린 애들. 또 누구 있더라…….

"그게 다 가짜야. 그때그때 교장, 교감이 임시로 주는 벌이라고. 어떤 기준이 있는 게 아니야. 기록도 없어."

"그럴 수가 있어? 어떻게 교칙이 없어, 어떻게 없을 수가 있어?"

아진이의 설명을 듣자 입이 떡 벌어졌다.

사립 학교인 항만중은 세워진 지 40년이나 되었다. 설립자는 이미 노환으로 별세했고 지금은 그 아들이 이사장인데, 집안이 항만시의 터줏대감이었다. 교사들도 항만시에서 나고 자란 사람이 대부분이니 결국엔 다 보던 얼굴들인 셈이다. 우리 엄마도 그렇다. 서울에서 나고 자랐지만 항만대학교에 진학하는 바람에 여기까지 흘러온 쌩초 정도가 예외일까.

그 항만중학교가 항만시의 유일한 중학교다 보니 불만을 가지는 시민들이 있다. 항만시에는 어떻게 공립 중학교가 없을 수가 있는가? 말이 되는 소리인가? 물론 공립 중학교가 있긴 했단다. 1990년대까지만 해도. 하지만 학생 수가 줄어서 하나둘 폐교시키다 보니 남은 게 항만중이었을 뿐.

지금 항만시에서는 어떻게든 항만중의 꼬투리를 잡아 공립으로 만들려 안달이란다. 공립 중학교가 없는 도시라니, 교육에 관심 없는 티가 난다고 욕을 먹곤 하니까. 이사장이 이리저리 로비를 하고 다녀 아직까지 살아남긴 했지만.

가장 쉽게 꼬투리를 잡힐 수 있는 경우는 당연히 학교가 학생 지도를 제대로 하지 못할 때다. 만약 항만중학교에서

일 년에 스무 건의 학교 폭력이 발생한다면? 만약 항만중학교 학생이 오토바이 절도 사건을 일으켰다면? 만약 항만중의 학업 성취도가 다른 지역에 비해 크게 떨어진다면? 교육 실패 책임을 물어 학교를 이사장의 손에서 뺏을 수 있는 방법은 무궁무진하다.

그래서 항만중학교에선 교칙을 없앤 것이다. 교칙이 없으면 학생을 징계할 수 없으니까. 그러면 전교생 중 징계를 받은 학생이 단 하나도 없는, 착한 학생들이 가득한 학교가 되니까. 1년 동안 학교폭력위원회가 단 한 번도 열리지 않은 기록이 길이길이 기억되는 청정 구역이라고 자랑할 수 있으니까. 정작 학교 안의 우리는 그게 사실이 아니라는 것을 누구보다 잘 알지만 힘을 가지는 것은 졸업하는 우리의 증언이 아니라 어른들에 의해 쓰여지는 기록이다.

"그게 바로 나쁜 소식이지. 명익이한텐 잘못이 있지만 학교 차원에서는 절대 처벌할 수 없고 처벌하지도 않을 거라는 사실. 만약 채유진이 고소를 하면 몰라. 하지만 채유진이 그럴 수 있겠어? 소송 비용이 장난 아닐 텐데. 시간도 엄청 걸릴 거고. 걔 은근 성적 신경 쓰잖아. 항만여고 안 가고 서울에 있는 예고로 갈 거다 어쩐다 하던데. 소송까지 걸 여유가 있겠어?"

"그럼……."

"근데 채유진이 그냥 넘어갈 것 같진 않고. 그 항만일보 기자라는 아저씨 있잖아, 그 사람 통해서 기사화하겠다고 벼르고 있는 모양이야."

"헐……."

그게 더 최악이었다. 징계만 받는다면 몰라도 기사가 나간다면 누구든지 언제라도 인터넷에서 이 일을 찾아볼 수 있을 것이다.

"쌩초가 과외 쌤한테 미주알고주알 다 보고했더라. 입도 싸지. 만약 뉴스가 안 나도 쌩초 입 때문에 소문날 듯."

"우리 엄마에 대한 이야긴 없어? 그……."

다시 피가 거꾸로 솟는 것 같았다.

"쌩초가 우리 엄마 완전 극혐하잖아. 너도 들었잖아, 페미 국어라고. 분명 너네 과외 쌤 앞에서도 또 욕했을 것 같은데……."

아진이의 표정이 조금 이상해졌다. 아진이는 무언가를 주저하며 고민할 때 양쪽 광대 위에 인디언 보조개가 잡힌다. 그 보조개 때문에 항상 마음을 들킨다는 걸 모르겠지.

"괜찮아. 말해 줘."

"아, 씨. 말해도 되나."

"안 하면 화낼 거야. 난 알 권리가 있어. 딸이잖아."

〰〰〰

"일단 우리 담임이랑 쌩초, 은희 쌤, 거기에 교장, 교감이랑 학생부장까지만 해서 회의를 했나 봐. 그 자리에서 은희 쌤이 교장, 교감한테 확실한 증거도 없으면서 애 하나 잡아서 사건 무마하려고 하는 거 아니냐 대들었대. 그렇게 하면 학교 입장에서야 간단하겠지만 억울하게 누명 쓴 자기 아들 앞날은 어떻게 하냐고. 평생을 선하게, 어른들 말 잘 들으면서 산 애를 이렇게 망가뜨리면서까지 학교 체면을 지켜야 하는 거냐고. 그러면서 뭐라고 했다더라? 아, 맞아. 정말 만약에, 만약에 자기 아들이 그런 짓을 했다 하더라도 사춘기 시절의 아주 작은 일탈인데 사랑으로 가르쳐야 할 어른들이 그걸 포용하고 용서하지 않으면 애들이 뭘 보고 배우겠냐고 그랬다더라, 은희 쌤이.

그리고 만약 명익이 건든다면 자기도 가만히 있지 않을 거라고, 알고 있는 항만중학교 비리 죄다 폭로할 거라고 했대. 미안해. 나도 너한테 말하고 싶지 않았어. 은희 쌤이 그럴 줄 몰랐으니까. 다른 애들한테는 절대 말 안 할게. 나만 알고 있을게. 명하야…… 괜찮아? 명하야?"

"……."

"야, 왜 울어. 야…… 너 울라고 한 말 아니야."

◇◇◇◇◇◇

'내 세상이 무너졌어'라는 말을 농담처럼 쓰곤 했다. 예컨 대 좋아하던 배우가 누가 봐도 이상한, 망할 작품에 보란 듯 합류하거나 입덕한 아이돌이 해외 투어를 나가서 돌아오지 않거나 진짜 재밌게 보던 웹툰이 느닷없이 완결되었을 때.

지금까지 그 말을 그렇게 가벼이 썼던 게 후회스러웠다. 어떤 말을 써야 마음을 온전히 표현할 수 있을지 내 능력 안 에서는 전혀 알 수 없는데 저 말조차도 그저 농담조로 변질 되어 들릴까 봐 함부로 쓸 수가 없었다.

이 세상에 믿을 어른이라곤 엄마뿐이었다. 자기 엄마랑 사이가 안 좋은 친구들이 워낙 많기에 내가 제법 운이 좋은 아이라고 생각했고, 그래서 엄마를 더욱 사랑했다. 가장 가 까운 어른과 싸우고 그에게서 부당한 상처를 받을 경험 자 체를 주지 않는 좋은 엄마에게 고마워했다. 세상 모든 어른 들이 다 거지 같아도 엄마만은 그렇지 않을 거라고 확신했다. 나는 엄마 같은 사람이 되고 싶었다. 엄마가 롤 모델이었고 내 위인이었다. 혼자서도 씩씩하게 우리를 키워 내고, 옳은 것과 옳지 않은 것을 제대로 구별할 줄 알고, 약자에게 친절하며 강자에게 당당한 엄마의 미니미가 되고 싶었다. 나이가 들어서도 10대에게 사랑받는 어른이 되고 싶었다.

나의 자랑이자 기댈 수 있는 기둥. 엄마는 내가 아는 세상 전부였지만 지금은 와르르 무너졌다. 빼돌리고 남은 자재로만 얼기설기 지은, 겉으로만 그럴싸해 보이는 건물처럼. 팬이 돌아서면 가장 무서운 안티가 된다고들 한다. 무슨 말인지 알 것 같았다. 너무 화가 나서 미쳐 버릴 것만 같았다. 눈물이 안 멈췄다. 맑은 눈물이 아니라 콧물이 잔뜩 섞여 끈끈한 눈물이었다. 화가 너무너무 많이 날 때 흐르는 눈물이다. 어차피 집도 나왔겠다, 이제 이판사판이다.

+ + + + +

기사를 보니까 실감이 났다. 경찰은 절대 내게 도움을 주지 못할 거니까 기대하지 말고 바로 만나자던 항만일보 기자 말을 들었어야 했는데. 그래도 신고가 먼저겠다 싶어서 경찰서를 찾아간 게 바보짓이었다. 기자가 왜 그런 말을 했겠어. 지금껏 경험한 게 있으니까 그랬겠지. 기자를 의심하고 공권력을 믿은 내가 바보였다.

교장은 그 기사를 액자에 넣어 복도 여기저기에 걸어 두었다. 프린트하거나 복사한 게 아니라, 진짜 종이 신문이었다. 그걸 스무 부는 산 모양이었다.

'그 어느 곳에도 없는 클린 중학교의 참스승…… 선한 아이들에 대한 믿음으로 삽니다'라는 기사 제목과 활짝 웃는 교장의 사진이 실려 있었다. 장관에게서 표창장을 받았단다. 10년간 학교 폭력 건수가 0회인 공로를 높이 산다나…… 애들은 깨알같이 작은 글씨로 적힌 기사에 관심이 없었다. 복도는 그저 지나다니는 공간이니까. 그리고 글은 수업 시간에 꾸역꾸역 읽는 걸로 족하니까. 읽는 건 피곤하니까. 게다가 교장 얼굴이 크게 인쇄되어 있으니 내용은 당연히 재미없을 테니까.

나는 그 기사를 몇 번이고 곱씹어 읽었다. 읽으면 읽을수록 가슴에 바람이 불었다. 속이 추웠다. 급하게 겨울이 온 때처럼 예상하고 있었지만 어느 날 갑자기 기온이 뚝 떨어졌을 때 느끼는 살이 에이는 고통. 그런 것과 비슷했다.

경찰은 수사를 하긴 했을까? 내가 나가자마자 조서를 삭제해 버린 것은 아닐까?

애들이 옆을 지나갔다. 어떤 애들은 교장의 얼굴을 보곤 구웨엑,

하고 토하는 시늉을 하며 깔깔거렸다. 친한 애들 몇몇이 액자 앞에 서 있는 내게 다가왔다. 나는 손가락을 뻗어 기사를 짚으며 말했다.

"우리 학교가 학폭 0건이란다. 표창 받았대."

애들은 시큰둥하게 반응했다.

"역시 구라 오지네, 교장. 상 받아서 아주 기분 째지겠네. 탈항문이나 빨리 하고 싶다. 유진아, 우리 매점 갈 건데 같이 갈래?"

애들에겐 어른들의 그저 많고 많은 거짓말 중 지극히 일부였던 거다. 별로 놀랍지도 않은, 익숙한 병폐. 왜일까? 애들은 나처럼 당한 적이 없어서일까? 아니면 혹여 나쁜 짓을 해도 처벌받지 않을 거란 안도감이 들어서일까.

매점에 가지 않고 교실로 왔다. 손을 가방 안에 넣었더니 테두리가 닳기 시작한 명함이 잡혔다. 그걸 물끄러미 바라보았다.

아무래도 어른이 필요하다는 생각이 든다. 그 힘이 있어야만 한다.

13

명하는 오늘도 집에 가지 않을 작정인가 봅니다. 떡볶이 집에서 나와서 친구네 집에 가 버리네요. 키가 큰 친구의 바지를 빌려 입은 티가 납니다. 허리를 두어 번 접은 것 같고, 밑단을 접어 올렸어도 바닥에 끌릴락 말락 합니다. 언제까지 저럴 건지 조금씩 걱정이 됩니다. 무엇보다 친구의 집에 어른이 없는 것 같아 몹시 우려됩니다. 이런 걸 보면 지도 나이 든 인간이랑 다를 바가 없지만요.

은희 씨네 집으로 돌아오는 중간에 턱끈펭귄이 스리슬쩍 주둥이를 들이밀곤 옆에서 날기 시작합니다. 짜증이 나지만 일단은 반가운 척하며 인사했습니다. 턱끈펭귄이 엄청 신나 보였습니다. 불길한 징조입니다.

"나 특식 다섯 마리 잡아 놨는데. 와서 먹을래?"

"갑자기 왜 이래? 됐어, 오늘 밥 많이 먹었어."

"야, 장수풍뎅이 3령인데. 아무 때나 먹을 수 있는 거냐?"

"그거 맛 별로야, 비려. 그게 뭐가 맛있다고 귀하다고들 하는지 전혀 모르겠음. 근데 갑자기 왜 이렇게 친절한 척하냐?"

턱끈펭귄이 킬킬 웃었습니다.

"아무래도 우리 곤줄이 위로가 필요할 것 같아서 말이지. 네가 좋아하는 집의 작은 인간들, 고기 줄인다고 하면서 속상한 일 있을 때마다 치킨 먹잖아, 위선자들. 따라 해야 하지 않겠어?"

"뭐?"

설마.

"그 집 엄마인지 아들내미인지 둘 중 하나는 조만간 큰일 나겠던데? 아니면 둘 다든가."

"그게 무슨 말이야?"

"어제 이상하게 항만중학교에 놀러를 가고 싶더라니. 거기 회의실 방음 완전 안 되더라. 너는 인간을 좋아하니까 애들 하교하고 텅 빈 학교엔 간 적이 없지? 선생들끼리 아주 대판 싸우던데. 어휴, 살벌하더라. 복도에서 다 주워들었지롱."

이럴 수가, 맞습니다. 저는 사람들이 많은 곳에서 구경하는 걸 좋아하지 텅 빈 학교에서 혼자 돌아다닐 생각은 하지 못했습니다.

턱끈펭귄은 주은희 씨네 가족이 좋은 사람들이라 말하던 제 주장을 박살 낼 기회가 온 것이 신나는 모양이었습니다. 저는 너무 화가 났지만 아무 말도 할 수가 없었지요. 턱끈펭귄이 전하는 말이 사실이라면 제가 틀린 게 확실했으니까요. 왜 나를 쪽팔리게 만드는 거죠, 그 인간들은? 굳건했던 나의 신뢰를 어떻게 그렇게 가차 없이 무너뜨릴 수 있는 거죠?

"생각해 봐. 인간들이 자기 말을 끝까지 지킨 적이 있는지. 지구를 지키자? 동식물을 사랑하자? 탄소 배출을 줄이자? 다 말뿐이지. 불편해지고 상처받을 일이 생기면 바로 뒤돌아서 딴소리하는 게 인간들인 거 몰라? 지금까지 전해 오는 이야기들이 얼마나 많은데. 그걸 다 들었으면서도, 배웠으면서도 믿었어? 네가 좋아하는 그 가족들도 똑같아. 그 엄마, 자기 아들 잘못했다는 이야기 듣자마자 바로 부정하는 거 봐. 그럴 리 없다고 말하는 거 봐. 자기는 한입으로 그렇게 여러 말을 하는 사람이면서 아들한테 여러 면이 있다는 건, 사악한 점이 있을 거라는 건 절대 생각 못 하잖아. 아니, 안

하려고 하는 걸까? 어쨌든. 야, 곤줄. 너는 인간한테 속았어.
이래도 믿을래? 이래도 좋아할래? 인정해라, 네가 잘못 생각
한 거."

◇◇◇◇◇◇

둥지에 돌아가고 싶지 않습니다. 돌아가면 꼼짝없이 주
은희 씨와 장명익을 봐야 하잖아요. 그렇지만 명하가 머무
는 친구의 집으로 가서 몰래 묵기도 쉽지 않은 일입니다. 베
란다 없는 작은 원룸이다 보니 쉴 공간을 찾는 게 거의 불가
능하거든요. 그렇다면 차라리 저 원수 같은 인간들의 동태
를 파악해서 어떻게든 명하에게 도움을 주는 수밖에 없습
니다. 명하가 집을 나온 이유가 분명 있을 테니까요. 명하라
면 충분히 배신감 느낄 상황이니까요.

그렇게 속고도 딸내미는 믿겠다고? 참 대단도 하다 너는,
하며 턱끈펭귄이 질렸다는 듯 비웃었지만 저는 다시 움직
이기 시작했습니다. 턱끈펭귄은 모르겠지만 요새 몸이 무
거워요. 알을 낳을 때가 얼마 남지 않았어요. 새끼들은 저
를 보고도 배우겠지만 투명한 유리창을 통해 보이는 세 사
람을 통해서도 세상을 접할 겁니다. 우리는 인간들을 아예
못 본 척하고 살아갈 순 없으니까요. 그렇다면 새끼들에겐

조금이라도 더 나은 인간 세상을 보여 주도록 애써야 하겠지요. 그게 바로 알을 낳기 전 해야 할 일이라고 생각했습니다. 인간들에게만 태교가 있는 줄 알아요? 인간들만 후대를 생각하는 줄 알아요? 저 역시 벌써부터 어떻게 하면 새끼들에게 좋은 것만 줄 수 있을지 고민한다고요.

둥지에 돌아오니 모자가 집에 있더군요. 그러나 명익이는 제 방에, 주은희 씨는 안방에 있었습니다. 딱 봐도 서로 대화를 회피하고, 현실을 부정하며 동굴에 들어가 있는 꼴이군요. 부리에 힘을 주었습니다. 유리창을 깰 순 없지만 적어도 저 새가 왜 저렇게 시끄럽게 굴어, 라고 서로에게 물으며 둘은 동굴을 나와 대화의 물꼬를 틀 수 있겠지요.

콰직!

어! 유리창이 이렇게 약할 줄은 몰랐는데…….

부실 공사인가요. 인간들. 하여간 남의 돈 빼돌리고 속이기는 누구보다 잘하는 족속이라니까요. 이거 주은희 씨가 큰맘 먹고 한 인테리어 공사였는데…….

다행히 저는 다치지 않았습니다. 말했잖아요. 물리를 잘한다고. 유리 파편이 어디로 어떻게 튈지, 그쯤은 계산 안 해도 본능적으로 알지요.

유리창이 깨진 걸 본 주은희 씨가 비명을 지릅니다. 그러더니 갑자기 주저앉아 울기 시작하네요. 이 집 가족들은 스트레스를 받으면 울기부터 해요. 그거 하나는 어쩜 셋 다 이렇게 똑 닮았는지요. 역시 핏줄은 못 속이나 봅니다.

14

채유진을 불러냈다. 거의 말을 섞은 적이 없으니 어리둥절할 게 분명했다. 소매를 덥석 붙들고 운동장을 빙빙 돌았다. 슬쩍 떠봤는데 아직 범인이 누군지 경찰서에서 안 알려 줬다는 대답이 돌아왔다.

"아직 못 찾은 건지, 찾았는데 숨기는 건지 모르겠어."

무리 속에 있을 땐 몰랐는데 단둘이 있으니 채유진은 목소리가 꽤 낮고 조용한 편이었다.

"너무 지쳐. 이렇게 제풀에 지치게 만들려고 경찰은 일부러 질질 끄는 걸까? 그래도 경찰인데……. 경찰은 그러면 안 되는 거 아닌가? 기대는 안 했지만."

나는 연신 교무실 쪽을 흘끔흘끔 쳐다보았다. 엄마가 이 장면을 본다면 어떤 고약한 수를 써서 채유진과 나를 떼어 놓을지 짐작조차 할 수 없었기 때문이었다. 이제 나는 엄마를 믿을 수가 없다. 도저히.

"만약 범인이 아저씨가 아니라 학생이면, 우리 또래면 어떤 벌을 받게 하고 싶었어? 신고할 때 말이야."

내가 묻자 채유진은 머리카락을 비비 꼬며 고민에 잠겼다. 대답이 바로 돌아오지 않았다. 나는 기다렸다. 나로서는 채근할 양심도, 면목도 없었으니까.

돌아온 말은 의외의 것이었다.

"그 어떤 사람과도 십 년 동안 사귀지 못 하게 하고 싶어. 연애뿐 아니라 친구도."

"어?"

"좋은 사람인 척 주변을 속이지 못하게 하고 싶어. 상상만 해도 끔찍해. 마음 다 줬는데 알고 보니 그런 짓을 저질렀다면. 결국 세상 모든 문제가 다 그런 거 아니야?"

채유진이 나를 똑바로 바라보았다.

"다 자기가 더 나은 사람인 척 속이는 사람들 때문에 세상 모든 문제들이 생기는 거 아니야?"

자기가 더 나은 사람인 척 속이는……. 마치 나더러 들으라는 듯. 마치 주은희 쌤이라는 사람의 진짜 얼굴을 속속들이 아는 듯. 물론 우연의 일치였겠지만 그 대답을 도저히 우리 가족과 별개의 것으로 여길 수 없었다.

"그런데 명하 너 되게 의외다. 궁금하면 네 친구들 통해서 소문을 캘 줄 알았는데 나한테 직접 물어볼 줄은 정말 몰랐네."

채유진이 고개를 반쯤 숙이고는 허리와 무릎에 반동을 줘서 조금씩 굽혔다 폈다를 반복했다. 아주 작은 몸짓으로, 마치 춤을 추는 것처럼.

"내가 너를 잘못 파악했나 봐."

아니다. 날카롭다. 분명 그랬을 거다. 우리 가족의 일이 아니었다면, 누구에게도 말할 수 없을 정도로 부끄러운 일이 아니었다면. 재미있어 했을 거다. 가십으로 생각했을 거다. 젤리처럼 아주 가볍게 질겅질겅 친구들끼리 나눠 씹어 먹었을 거다.

◇◇◇◇◇

어젯밤 퉁퉁 부은 두 눈을 뜨지 못하고 아진이와 함께 이마를 맞대어 내린 결론은 아진이의 느닷없는 연설에서 출발했다.

"있잖아 명하야, 내부 고발자 같은 거. 멋있지 않나?"

고민을 반복하다 새벽 세 시를 넘기고 지쳐 가고 있었다. 까무룩 멀어지는 정신줄을 붙잡으려 발버둥칠 때 귓바퀴를 돌아 아진이의 말이 희미하게 들려왔다.

"나는 있지, 손해 볼 걸 알면서도 더는 참을 수 없어서 토해 내고 썩어 빠진 집단을 뛰쳐나오는 사람들이 멋있더라. 물론 그런 사람은 높은 확률로 더 힘든 인생을 살겠지, 왜냐하면 세상 돌아가는 이치가 전통적으로 거지 같으니까. 그래도 멋있어. 사실 나는 맨날 상상한다? 내가 그런 집단에서 한 반년 참다 참다 못 참고 결국 다 뻥뻥 터뜨려서 뉴스 1면을 장식하는 상상 말이야. 괴롭고 힘든 결정이겠지만 극소수의 아주 도덕적인 사람들이 나보고 대단하다고 박수를 쳐줘. 나를 롤 모델이라고 생각하고, 그걸 표현해 주는 거야. 그럼 난 굶어 죽을 정도가 아니면 해볼 만한 것 같아. 사실 난 시위 같은 것도 엄청 해 보고 싶어. 너무 자의식 과잉인가?"

아진이 입장에선 이른바 새벽 감성에서 출발한 말이었을 지도 모른다. 혹은 중2병이라고 사람들이 비웃곤 하는 감정에서. 그러나 우리는 한 살 더 먹은 중3이고, 아진이는 원래 학교에서 조는 올빼미형 인간이라 새벽에 가장 이성적인 아이디어를 낸다. 게다가 아진이의 말을 듣고 나는 비로소 가느다란 빛 한 줄기를 발견한 기분이 들었으니, 누구든 함부로 이야기했다가는 뼛가루도 수습 못 하도록 빻아 버릴 각오가 되어 있었다.

◇◇◇◇◇◇

"내가 범인을 알아."

드디어 말했다. 몇 번이나 고민하고, 고개를 갸웃거리는 채유진을 몇 차례 김빠지게 하고 나서야, 드디어.

점심시간은 겨우 5분 남아 있었다. 예비 종이 울렸다. 오르골의 음색을 닮아 맑으면서도 우수에 젖은 멜로디였다. 처음 들었던 순간을 떠올렸다.

'저 멜로디로서는 얼마나 억울하겠어. 자기 잘못도 아닌데, 항문중을 졸업한 몇 천 명의 애들이 하나같이 자기를 미워할 대상으로 인식하게 된다면.'

"네가 어떻게?"

"내가……."

갑자기 목이 메었다. 멜로디가 너무 슬퍼서였다.

"내가 잘 아는 사람이라서."

"뭐?"

"알려 줄게. 근데 그렇게 간단한 문제가 아니야. 네가 나를 도와야 돼."

"내가 너를 왜?"

이것저것 댈 이유들이 있긴 했다. 너 같은 피해자가 다시 생기지 않도록. 잘못한 놈이 응당 받아야 할 처벌을 받도록. 잘잘못을 가릴 생각도 하지 않고 덮으려고만 하는 학교의 어른들에게 매운 맛을 보여 주기 위해. 항만시의 여자애들이 살아갈 삶을 위해서.

또 뭐가 있더라…….

네가 말했던 대로, 착한 척 가면을 쓰고 뒤에선 호박씨 까는 사람들에게 더는 속지 않도록.

그러나 사실 가장 내세우고 싶던 이유는 이거였다. 꽉 막힌 어른들이 들으면 어처구니없다고 하겠지. 그러나 누군가는 이해할 거다.

"멋있으려고."

"어?"

"어른이 되면 못 할, 폼 나는 일 한 번 하려고."

어른들은 생각이 짧은 여중생들의 치기 어린 목표라 말할지라도.

"우리가 지금 내세울 게 뭐가 있어. 우리가 돈이 있어? 공부를 잘해? 너는 얼굴이라도 예쁘지 나는 그것도 아니고."

"너도 예뻐. 머리가 너무 짧아서 그렇지. 완전 신생아컷 아니냐."

"됐고. 그러니까……."

백날 정의로운 말을 해 봤자 사람들은 듣지 않을 테니까, 그리고 정의로운 척하는 위선자들을 이미 봤으니까, 그러니까 그들이 우리를 얕보는 만큼 부딪쳐 보자.

"그러니까 간지라도 찾자 이거야."

"장명하, 뭐야? 뭔 소리야? 이해가 안 돼. 더 얘기해 봐. 야, 나 5교시 안 들어갈래."

"보건실 고? 나 왠지 머리가 아픈 것 같아."

"오키, 난 점심 먹고 체함. 5분 뒤, 이따 다시 봐."

+ + + + +

범인이 누군지 알게 되었다.

꿈에도 상상하지 못했던 사람이라서 이름 석 자를 듣는 순간 아무 생각이 들지 않았다. 귓속에서 이명이 들리는 것 같았고 명치가 쿡쿡 쑤시는 듯 아파 왔다. 범인이 학교 선생 아들이라니. 그래서 이렇게 묻혔구나 싶었다. 아마 경찰 조사로 이름이 나왔어도 내 귀에까진 들려오지 않았겠지. 선생 아들이니까.

하지만 장명하는 왜 내게 찾아왔을까? 왜 나를 돕겠다고 했을까?

나를 그다지 좋아하는 것 같지도 않은데. 차라리 싫어한다면 믿을 것이다. 그런데 왜. 개가. 장명하에게 들었다. 항문중 교장이 교칙을 모두 없애 버려서 우리뿐 아니라 친구나 후배, 옆 학교에 다니는 누군가가 똑같은 일을 당했어도 가해자가 항문중 학생이라면 아무 처벌도 받지 않는 거라고 했다. 신고한 것을 가해자가 알게 되면 앙심을 품고 더 심하게 괴롭힐 수도 있다. 한 번 잘못을 했는데 처벌이 없다면 두세 번, 몇 십 번, 몇 백 번 자기 맘대로 할 수 있는 권한을 주는 거나 마찬가지니까.

그냥 넘어가면 안 될 것 같다고 명하는 말했다. 엄마랑 오빠 일인데 괜찮겠냐고 묻자 장명하는 두 사람 없이도 혼자 잘 살 수 있다고 했다. 그 말이 허세라는 걸 알지만 그렇게 말해 주는 게 솔직히 고맙고 안심이 됐다.

그나저나 학교의 비밀을 알게 된 사람들은 이제 어떻게 해야 할까? 영화 안에서였다면 어떻게 할까. 폭로하고 나면 그 일이 고등학교 진학에 이득이 되고 내 삶의 큰 경력이 될지도 모른다는 생각이 퍼뜩 든다. 동시에 그런 생각을 하는 내가 무섭다.

15

———

양쪽을 염탐하느라 몸이 두 개라도 모자랄 지경입니다. 태어나서 이렇게 바빴던 적은 알을 열 개나 낳아 새끼 키워 내는 바람에 곤욕을 치렀던 지난 초여름 이후 처음이군요.

채유진이 포착되는 횟수가 기하급수적으로 늘어났습니다. 명하의 친구들도 의아해하더군요. 저 둘이서 언제 저렇게 친해졌냐고요. 분명 약간 배신감을 느끼는 친구도 있을 겁니다. 명하 친구들이 채유진을 별로 좋아하지 않으니 더 의구심을 품겠죠. 게다가 방송댄스부랑 걸스힙합부는 완전 라이벌 관계잖아요?

다른 사람이 그러거나 말거나 지금 둘은 학교가 끝나자마자 카페에 앉아 누군가를 기다리는 중입니다. 카페에 쏙 들

어가면 무슨 이야기를 하는지 들을 수 없을 것 같아 걱정했
는데 날씨가 풀린 덕에 둘은 야외 테이블에 앉아 있습니다.

어, 두 친구가 합류했네요. 하나는 아진이죠. 다른 하나
는 잘 모르는 앤데, 귀를 기울여 보니 지혜인지 지해인지 하
는 이름으로 불립니다. 저 애가 가장 발이 넓은가 봅니다.
아진이는 유진이와 연신 어색해하는데 지혜인지 하는 애는
누구와도 스스럼없네요.

한 명이 더 등장합니다. 백팩을 멘 아저씨가 휘적휘적 걸
어옵니다. 유진이가 손을 번쩍 듭니다. 나머지 셋은 어색하
게 인사를 합니다.

흠…… 아무래도 저쪽에 좀 관심을 기울일 필요가 있겠
군요.

제가 관상을 잘 보거든요. 물론 가끔씩은 실패하지
만…… 적어도 인간들보다는 촉이 좋다 이거죠. 저 아저씨
관상이 영 별로입니다. 이상한 기대에 찬 눈빛도 그렇고요.
여중생들의 무리에 왜 혼자 끼어 있을까? 뭐 하는 사람일까?
인간 어른들이 "걔네 아빠 뭐 하는 사람이라니?" 이딴 질문
을 자식에게 던지면 신물을 내곤 했으나 이번엔 상황이 다
르잖아요. 명하고, 명하 친구들이고, 열다섯 살이면 하루하
루가 신나야지 위험해지거나 상처 받아선 안 되는데, 이미

충분히 힘들어하고 있으니 더욱 불안합니다. 게다가 청일점이 된 기쁨을 숨기지 못하는 남자 어른이라면 더더욱 못 미덥습니다.

뭐 하는 아저씨일까?

"기자님, 저희가 기삿거리 드리려고요."

아, 기자라는군요. 정수리가 근지러워 제자리에서 펄쩍펄쩍 뛰었습니다. 조금 조급해졌거든요. 기자는 제게 익숙한 부류의 사람이 아니라서요. 그쪽 동네는 별로 가 본 적이 없습니다. 좀 더 빨빨거리고 돌아다녀 볼걸.

기자란 사람을 처음 볼 텐데도 주도권을 잡고 이야기하는 건 명하입니다. 가장 절박한 사람이니까요. 직접적인 피해자인 유진이만큼이나.

야외 테이블 옆 나뭇가지에 아예 자리를 잡고서 아이들의 이야기를 들었습니다. 벌레들이 저를 보곤 잽싸게 숨었는데 두어 시간 동안이나 제가 미동도 않고 있으니까 슬금슬금 기어나와서 돌아다니더군요. 천적이 왜 저 따위로 정물처럼 구는지 걔들도 좀 의아했을 겁니다. 솔직히 저도 이야기를 듣다 가끔 구역질이 나서 상큼한 맛으로 입가심하고 싶었는데, 조금이라도 소란을 피웠다가 중요한 이야기를 놓칠까 봐 꾹 참았습니다.

지금껏 작은 파편만 모아 가까스로 추리했던 사건의 전모를 유진이와 명하의 입을 통해 모두 들으니 열불이 치솟더군요. 인간은 우리더러 짐승이라 명명하고 깔보죠. 그런데 우리 사회에서 저런 일은 없거든요. 죄를 지었으면 벌을 받고, 이성적인 판단 아래 규칙을 합의하고 따르죠. 그런데 항만중은 뭔가요? 단 한 명도 시스템에 반기를 들 생각조차 하지 않았던 걸까요? 학생 말고요, 잘나고 올바르신 선생들 중에서 말이죠. 다들 그냥 그러려니 하고 넘어갔던 건가요?

기자라는 사람은 큰 기사로 터뜨려 주겠다며 호기롭게 장담하더군요. 자기는 비록 항만일보라는 작은 지방지에서 근무하지만 친구 하나는 J일보에, 하나는 D일보에, 또 하나는…… 이러면서 주요 일간지에서 일하는 주변인을 하나하나 읊더라고요. 자기가 기사를 쓰면 걔들이 박씨 문 제비처럼 알아서 가져갈 거라나요. 호언하는 대로만 일이 풀리면 참 좋겠지만 뭐랄까요, 왠지 큰 소리로 자기 인맥 자랑하는 사람을 딱히 믿지 않아서요. 아이들이 기자라는 사람을 덜 믿고 주의를 기울이면 좋겠습니다. 그렇지만 제 생각을 전달할 방법이 없었네요.

"그러면 다음 주 초에 특집 기사 내 주시는 거로요."

"그럼."

"혹시 제보자 신상 까는 게 필요하면 저로 까 주세요."

유진이가 말했습니다.

"어차피 저는 인스타에 다 올렸으니까요. 제가 피해자인 걸 숨길 필요는 없지만 얘네는 가려 주세요. 학교에서 알아서 좋을 일 없으니까."

그리고 덧붙였죠.

"부모님들도 학교 조용히 다니면서 공부 열심히 하길 바라지, 이렇게 문제 일으키면 난리들 나니까요. 특히 항만시처럼 좁아 터진 곳에서는 더. 어른들이 그런 말 하잖아요. 세상 좁다고. 언제 어디서 만날지 모르니까 적을 만들면 안 된다고요. 우리를 위하는 척하는 말로 대신하는 거죠. 닥치고 가만히 있으라는 명령을."

참, 말 한번 시원시원하게 잘합니다. 저 말솜씨는 어디서 나오는 걸까요. 잘 갈라진 11자 복근에서? 뱃심인가? 감탄하는데, 갑자기 우리 명하가 입을 열어 폭탄을 던집니다.

"저도 기사에 실명으로 실어 주세요."

"뭐?"

"야!"

"어쩌려고?"

다들 깜싹 놀랍니다.

"이름 넣어 주세요. 핵심 제보자로. 사진 찍어도 돼요. 제가 들어가야 신뢰도가 확 올라가죠. 근거가 확실해지고 학교에서도 허위 사실이라며 발뺌할 수 없을 거예요. 오빠가 가해자고, 엄마가 항만중 선생이니까."

"항만중, 사립 아니냐?"

남자가 물었습니다.

"공립이면 옮기면 그만인데 사립이면……. 뭐 요샌 선생 쫓아내는 게 힘들어졌다고 하지만, 네가 그러면 너희 엄마는 직장에서 괴롭힘 당할 텐데?"

명하가 입을 꾹 다물었습니다. 남자는 계속 말을 이었죠.

"그렇게 무리할 거 없어. 이름이 뭐더라, 너, 어쨌든 생각 잘해라. 불효야, 불효. 딸들은 엄마 비행기 태워 줘야 하는 거 아니냐? 그런데 앞장서서 매장해 버리려 들면 어쩌라는 거냐. 좀 참아. 네가 그렇게 나서지 않아도 이 아저씨가 충분히 잘 쓸 수 있어.

"조회 수 올리려고 이상하게 쓰는 건 허락하지 않을 거예요."

아진이가 말하자 남자는 자길 뭘로 보냐며, 기분이 나쁘다고 펄쩍 뛰었습니다. 하지만 아진이는 절대 사과하지 않았어요. 결국 지혜가 대신 죄송하다는 말을 했습니다. 애가 마음은 안 그런데 표현 방식이 좀 거칠어서요, 하고 말입니다. 그러자 남자가 대답하더군요.

"너 인마, 사회화가 덜 되었구나."

아무래도 마음에 들지 않는걸요!

"친구들, 저녁은 먹었니? 뭐 사 줄까? 여자애들은 떡볶이 좋아하잖아, 떡볶이? 죽고 싶어도 떡볶이는 먹고 싶은 게 여자의 맘 아니야?"

저런 말들도요!

+ + + + +

더 강한 힘이 필요하다. 경찰도 학교도 이길 수 있는 강한 힘. 그래서 기자가 필요했다. 항만일보라...... 사무실이 어디 있는지 안다. 당장 내가 이름 있는 신문에 실릴 수도 없는 일이니까 작은 신문사지만 일단은 여기서 시작해야지.

세상에서 가장 센 사람이 되고 싶다. 언제쯤 될 수 있을까. 서른 살? 서른 살은 되게 멀어 보인다. 그 전에 세상이 멸망하진 않을까 싶다. 지금은 기자든 누구든 어른의 도움을 받아야 하지만 언젠가는 꼭.

애들이 자기 일처럼 발 벗고 나서 줘서 고맙다. 명하에 대해서

는 아직 잘 모르겠다. 애매하다. 믿어도 되는 걸까? 하지만 지금

상황에서 믿는 거 말고 내가 무엇을 할 수 있을까? 친구도 믿고,

명하도 믿고, 기자 아저씨도 믿어야 한다.

+ + + + +

믿긴 개뿔. 복수하고 싶다.

이제 절대 어른은 안 믿어.

16

———

남자의 말이 모두 거짓이었다는 걸 알게 되는 데는 일주일 정도가 걸렸다. 사흘만 있어도 알 수 있는 거였는데, 나머지 시간은 우리가 속았다는 사실을 믿을 수 없어서 항만일보의 홈페이지를 들락거리느라 낭비해 버렸다. 온갖 지저분한 문구와 질펀한 그림이 가득한 성인 광고가 포스트잇처럼 다닥다닥 붙은 그 페이지를, 우리는 매일매일 샅샅이 뒤지며 기다렸다. 우리 이야기가 올라오기를.

아무 일도 일어나지 않았다. 아무 기사도 쓰이지 않았다. 결국 아진이가 항만일보에 직접 전화해 십여 분을 따지고 나서야 우리가 받은 명함에 적힌 최준형이라는 이름의 기자가 항만일보의 어느 부시에도 없다는 걸 확인할 수 있었다. 명함마저 가짜였던 것이다. 최준형이라는 이름은 진짜였을까? 그것도 알 도리가 없는 일이었다.

그 사람은 우리를 데리고 뭘 하고 싶었던 걸까. 여중생 네 명에게서 기대에 찬 눈빛을 받는 게 그렇게나 만족스러웠을까?

"어쩐지 떡볶이 값 엔빵하자고 할 때부터 알아봤어. 자기 콜라 빨대 바닥에 떨어졌다고 유진이 보고 빨대 같이 쓰자고 할 때도."

아진이는 이를 부득부득 갈았다.

"으악, 음침해 미치겠다. 소름 돋아."

"내가 번호 알잖아. 전화 걸어 볼까?"

유진이가 물었다.

"됐어, 엮이지 말자. 특히 너한테 좋을 거 없어. 유진아, 차단해."

아진이의 말에 나와 지혜가 고개를 끄덕였다. 최준형이란 그 남자가 우리에게 저지른 사기는 어른들의 기준으로 따지자면 벌금형도 받지 못할 장난으로 보이겠지만, 우리는 이제 충분히 안다. 그렇게 자잘해 보이는 징조를 품은 사람들이 얼마나 끔찍해질 수 있는지.

"절대 연락 받지 마. 다 차단해. 그런 놈들이 나중에 마음

먹고 돌아 버리면 무서워진다고."

무엇이 문제였을까.

우리는 학교에서 배운 대로 습관처럼 반성과 자기 검열을 했지만 곧 멈추었다. 우리에겐 문제가 없었으니까. 문제는 장명익과 학교의 어른들 그리고 최준형에게 있었다. 그런데도 우리는 무얼 잘못했는지 스스로 찾으려 들었다. 세뇌의 결과라고 지혜는 말했다. 회색 인간인 지혜는 조금 깊이 겪어 보니, 어른들을 평가할 때만큼은 절대 회색이 아니었다. 아주 시뻘건 색이었다.

"우리에게 딱 하나 잘못이 있다면, 학교 어른에게 배신당했으면서도 또 다른 어른에게 기대려 했단 것이지."

이 말에 나는 그만 지혜에게 반해 버렸다. 어쩜 저렇게 명확할 수 있을까! 사람은 이름을 따라 가는 것일까?

우리는 어른에게 의존하지 않고 우리끼리 해낼 수 있는 새로운 방안을 고안하기 위해 자주 모였다. 아진이의 방에서 이것저것 시켜 먹은 후 다 같이 먹은 용기를 씻고 분리수거했다. 다닥다닥 붙어 앉아야 했지만, 좀 더우면 아이스크림을 사 먹으면 될 일이었다. 천천히 녹는 쭈쭈바 종류의 아이스크림을 맹렬하게 빨면서 대책을 논의했다.

가장 쉬운 건 팔로워가 많은 유진이를 이용하는 것이었다. 유진이가 인스타그램에 이 얘길 올리기만 해도 수많은 사람들이 항문중의 작태를 알게 될 것이다. 나뿐 아니라 모두들 한 번씩은 그 방안을 생각했을 것이다. 그러나 유진이는 이미 상처를 입은 사람이었다. 네가 입은 피해니까 네가 발언해, 네가 말하지 않는다면 모두 잊을 거야, 라고 무책임하게 피해자에게 다시금 떠넘길 수는 없었다. 그렇게 말하는 사람들이 세상엔 많지만 우리는 그럴 수 없었다. 유진이가 직접 그 사기꾼에게 자기 신상을 드러내도 된다고 말했더라도. 유진이의 그 말에 나도 조금 급발진한 면이 있었다. 당연히 익명인 게 안전할 텐데도 세게 나오는 유진이에게 지기 싫었다. 쟤는 저렇게 용감한데 나는 뭐 하나 싶었다. 만약 최준형이 진짜 기자였고 기사를 쓴 후 실명으로 내보내도 되냐고 다시 물었다면 고민했을 수도 있다. 그러곤 물었겠지. "유진이는 어떻게 한다는데요?"라고. 그렇게 걔를 의식하는 모습을 숨기지 못했을 것이다. 게다가 유진이는 지금도 팔로워가 많기에 보호받을 수 있겠지만 나는 그것도 아니고……

거기서 생각의 방향이 갑자기 휙 꺾였다. 정의로운 이유에서였든 유진이에게 지기 싫은 승부욕에서였든 간에, 이미 마음을 단단히 먹은 것 아니었나? 최준형이 가짜 기자였다는 사실에 휘둘려 다시 움츠러든다면 그것이야말로 최준형 같은 사기꾼에게 대패하는 모습일 것이다.

못 참지, 그런 쪽팔림은.

"난 이미 내 얼굴 팔기로 정했으니까 그대로 갈래."

내가 말했다.

"어디 글을 올리든, 피켓 들고 시위를 하든 간에."

"시위?"

"대박. 학교 운동장에서 시위할까 우리?"

시위라는 내 말에 갑자기 이상한 활기가 돌았다.

"우리가 그렇게 하면 선생들 당황하겠다! 볼만하겠는데?"

아진이가 제일 신났다.

"학교 안에서, 아니, 항만시 안에서 시위해 봤자 아무 짝에도 쓸모없어."

텐션이 급상승해 쫑알대던 애들의 목소리를 삽시간에 가라앉힌 사람은 지혜였다.

"왜?"

조금 놀랐다. 지혜는 항상 '뭐든 좋아, 누구든 친해' 같은 자세로 긍정적인 이야기만 하는 애였는데.

"항만여고에서도 비슷한 일 있었거든. 그 언니도 교문 앞에서 시위했어. 항만시 교육청 앞에서도 했고. 근데 완전 묻혔어."

"진짜?"

"거 봐, 아무도 모르잖아. 묻힌 거 확실하지."

"근데 너는 어떻게 알아?"

지혜는 한숨을 쉬었다.

"나, 장래 희망이 기자야. 일곱 살 때부터 쭉."

"에에?"

처음 듣는 얘기였다. 하긴 학교에서 장래 희망 같은 걸 아주 진지하게 이야기하진 않으니까. 그냥 대충 아무거나 말하고 넘기지.

"반 애들이랑 두루 친해지려고 노력하는 것도, 애들은 내 성격이 그런 거라고 생각하지만, 절대 아니거든? 나중에 기자가 되어서 취재하려면 어떤 사람을 만나든 말을 잘 끌어낼 수 있어야 하니까 미리 연습하는 거라고. 싫어하는 사람이라고 말 안 섞으면 어떻게 좋은 기자가 될 수 있겠냐. 계속 연습하는 거야, 매일매일."

"헐, 미친. 너 나 좋아하는 거 아니었어?"

"응, 아님."

"헐, 안 놀아."

"농담. 어쨌든 그래서 사실 최준형 만난다고 할 때도 진
짜 떨렸는데 이렇게 뒤통수를 맞을 줄 누가 알았냐."

우리는 모두 숙연해졌다. 잠시 후 아진이가 조용히 물
었다.

"너 나 싫어하는데 억지로 친한 척하는 건……."

"예상을 깨서 미안하지만."

지혜가 아진이의 말을 잘랐다.

"네가 여기서 제일 내 스타일이야."

그 말엔 유진이가 또 발끈했다.

"언제는 내가 좋다며!"

나도 억울해서 한마디했다.

"나한텐 좋다는 말도 안 했거든?"

"다 좋아, 다. 이것들아."

지혜는 한숨을 쉬었다.

"그게 중요한 게 아니잖아. 그 언니 나중에 전학 갔어. 항
만시는 너무 좁아. 사람들끼리 다 연결되어 있으니까 다 쉬
쉬하고 덮고 넘어가. 우리가 뭐라 목소리를 내 봤자 깔아뭉
갤 거야. 사막에서 발자국으로 길 내려 노력하는 거랑 똑같
아. 바람 한 번 불면 다 원상 복귀. 사라지는 거야."

"그럼 어떻게 해. 그냥 이대로 넘어가?"

우리 어깨가 하나같이 축 처지자 지혜가 한심하다는 눈빛으로 쯧쯧, 혀를 차곤 물었다.

"내가 항만시가 좁다고 했지, 언제 이대로 넘어가자고 했어?"

"어?"

"장에 똥이 그득 차면 배가 무지하게 아프잖아. 병원 실려 가서 사진 찍으면 다 나온대. 이게 다 똥입니다, 똥. 의사가 그런단다. 결국 똥이 더럽다고 안 싸면 손해 보는 건 항문 주인일 뿐이야."

"뭔 소리야?"

"좀 멋있게 영화 주인공처럼 말해 보려 했는데 잘 안 되네."

"헐."

"그니까 내 말은."

이상한 비유를 마친 지혜는 놀랍게도 슬쩍 웃었다.

"항문시에시 안 쌀 거면 다른 데 가서라도 싸야 한다 이거지. 그래야 안 죽지. 안 그러면 똥독 올라."

17

주은희 씨가 집에서 술에 취한 것을 처음 보았습니다. 아이들 앞에선 술에 취한 모습을 보여 준 적이 없는 사람인데요. 회식 자리에서 마셔도 집에 들어오기 전엔 동네 몇 바퀴를 뛰고, 상가 화장실에서 세수와 가글을 하고, 향수까지 뿌리고는 집에 가던 주은희 씨였는데요. 오늘은 거실 블라인드도 내리지 않고 퇴근하자마자 술을 마시고 있습니다. 저녁엔 채식을 하겠단 다짐을 이 와중에도 지키려는지 식탁 위에 놓인 거라곤 겨우 방울토마토, 오이와 마른 김이 다입니다. 오이를 김에 싸서 먹고 있어요.

오늘은 미세먼지가 심해서 인간들이 모두 집에 일찍 들어가 창문을 꽁꽁 닫고 있습니다. 동물들조차 먼지의 기세

에 눌렸는지 조용하네요. 그 덕분에 사위가 고요해서 주은
희 씨와 명익이의 대화가 잘 들립니다. 둘 다 요 며칠 정신
을 놓고 살아서인지 깨진 유리창을 갈아 끼울 생각조차 못
하고 있어요.

"엄마가 널 키울 때 잘못한 게 있니?"

"아니."

"아닌데 왜 그런 짓을 했어?"

"……."

"꿀 먹은 벙어리처럼 있지 말고 말해 봐. 이유가 있으니
까 그랬을 거 아니야. 뭔가 힘들고 결핍되고 화나는 게 있으
니까. 엄마한테 말도 못 할 일이야?"

"……."

"장명익."

"……."

"명익아. 아들. 고개 들어. 엄마 보자. 엄마가 뭘 잘못해
서 아들이 그런 실수를 했는지 알아야 고칠 거 아니야. 사람
이 살면서 실수할 수 있어, 엄마 충분히 이해한다? 그런데
원인을 알아야 고칠 거 아니야. 그래야 사람이지. 아들, 말
해 보자. 응?"

"그런 말 좀 안 하면 안 돼?"

"뭐?"

생각지도 못한 말에 주은희 씨가 컥 목이 졸린 소리를 냅니다. 그리고 명익이의 얼굴은 방울토마토처럼 시뻘게져 갑니다.

"엄마는 항상 다 잘하지. 심지어는 옷도 잘 입고 젊어 보이지. 맨날 얘기하는 것도 이 사람은 이래서 잘못됐고 저 사람은 저래서 잘못됐고, 그리고 남만 욕한다는 말 들을까 봐 나는 이런 걸 반성해야 한다, 이런 말을 양념처럼 뿌리면서 혼자 도덕적인 척하고."

"장명익."

"엄마는 그렇게 고고해서 절대 몰라. 뒤에서 얼마나 욕먹는지 절대 몰라. 학교에서 그걸 듣는 내가 무슨 심정인지도 모른 채 자기 멋에 취해 사는 거지!"

"그게 무슨 소리야?"

더 잘 듣기 위해서 둥지 앞 방충망에 몸을 거의 붙이다시피 했습니다. 깃털 없이 인간처럼 헐벗은 피부였다면 가슴팍과 배에 방충망 자국이 가득 남았을걸요.

"엄마가 원하는 아들처럼 살면 애들 사이에선 왕따밖에 못 돼. 어디에도 끼워 주지 않을 거야. 욕먹고 맨날 두들겨 맞을 거야. 엄마같이 현실이라고는 모르는 어른들은 절대 모르는 곳에서. 보이지 않는 부위만 맞을 거야. 엄마가 그랬지? 친구들이랑 잘 지내라고, 왜 남들이랑 어울리지도 못하고 혼자 그림이나 그리고 있냐고, 나가서 축구도 하고 노래방도 가고 잘 노는 애가 되라고. 엄마는 아무것도 모르고 그렇게 말한 거라고. 애들이 페미 국어 아들이랑 축구를 해 줄 것 같아? 발로 차지나 않으면 다행이지. 엄마는 학교에서 그렇게 나서면 여자애들한테 인기 얻으니까 좋겠지. 그 엄마의 아들인 나는 얼마나 괴로운 줄 알아? 우리 반 남자애들이 나를 얼마나 우습게 보고 무시하는 줄 알아?"

명익이는 숨이 찬지 헉헉 소리를 내지만 말을 멈추지는 않습니다.

"채유진한테 디엠 보낸 거, 우리 반 애들이 돌려 보고 좋아했어. 애들이 하라는 대로 더 많이 써서 보냈어. 그러니까 갑자기 단톡방 다섯 군데에서 초대받았어. 그런 단톡방이 있는 줄도 몰랐어. 걔들이 교실에서 친해지는 줄 알아? 아니야, 애들은 단톡방에서 친해져. 나는 교실에 있는 게 항상 불편하고 괴로웠어. 애들이 뭐 때문에 웃는지 모르니까. 애들이 하는 말이 무슨 얘긴지 알 수 없으니까. 그런데 단톡방에 있으니 나도 웃을 수 있게 됐어. 생존법이라고. 엄마 아들이 살기 위해 그랬다고! 애들이랑 어울리지 못하면 다 내

탓할 거잖아. 상담할 땐 날 위하는 척하면서, 뒤에선 사회성도 없고, 둥글지도 못하고, 약해 빠졌다고 그럴 거잖아!"

으악! 발톱으로 방충망의 어디를 잘못 건드렸는지 갑자기 몸이 휙 돕니다. 영문을 모르겠지만 일단 급하게 날개를 펴서 퍼덕거리는데 그만 번쩍, 눈앞에 섬광이 일었습니다. 뜨거운 것이 몸을 주르륵 덮는 느낌이 났어요.

"너 그런 핑계 댈 거면……."

"그렇게 말할 줄 알았어."

아파요!

"엄마가 엄마여서 남들보다 열 배는 힘들게 학교를 다녀. 엄마가 없었다면 채유진한테 그딴 쓰레기 같은 디엠 보내면서 애들한테 인정받으려 노력할 일도 생기지 않았을 거라고!"

아프다고요!

"내 엄마가 페미 국어만 아니었어도!"

나는 소리를 빽 질렀습니다. 쪽팔리고 뭐고 할 게 없었지요. 이러다 죽겠구나 싶었으니까요. 대체 무슨 일이 일어났는지 돌아볼 틈도 없었어요. 본능적으로 울었습니다. 살려 줘, 아무나, 아무나 날 살려 줘! 하고 말이지요.

그리고 아주 좁아진 시야 틈으로 달려오는 네 개의 발을 보았습니다. 누군가의 따뜻한 손이 제 몸을 번쩍 들어 올리는 것까지는 느꼈는데 그 이후 눈을 뜨니……

⬦⬦⬦⬦⬦⬦

"다 나으려면 꽤 오래 걸릴 거다."

누군가 말했습니다. 처음 듣는 인간의 목소리였습니다.

"둥지 비어 있는 동안 다른 새한테 뺏기지 않게 관리 잘해 주고. 알이 없다니까 다행이네."

"선생님은 새도 잘 아세요?"

저건 익숙한 목소린데요. 명익이인가?

"음, 아니. 나도 인터넷 찾아보고 말해 주는 거야. 양심에 손 얹자면."

"하긴 어떻게 선생님이 모든 동물을 다 아시겠어요. 어쨌든 집에서 돌보다가 다음 주쯤 다시 올게요."

"그래."

몸에서 제대로 움직여지는 건 두 다리뿐인 것 같습니다. 하지만 아무리 발버둥 쳐도 허공이었죠. 무거워진 날개는 땅에 착 붙어 있었고요.

"저번에 입양된 냥이는 잘 지낸대요?"

"응. 그 집사가 인스타를 열심히 해. 아주 그냥 세상 걱정 하나 없는 캣초딩이 다 됐더라, 죽을 뻔했던 놈이. 네가 살린 거지."

"부럽다."

저의 몸이 불쑥 인간의 손바닥에 실려 위로 올라갔습니다. 낮익은 명익이의 이목구비가 가까이서 보였죠. 분홍색 동굴 같은 축축한 입이 다시 열렸습니다.

"나도 고양이로 태어날걸."

"인마, 개들이 얼마나 힘들게 사는지 알면서 그런 소릴 하냐?"

"그냥, 사람 아니면 다 부러운 거죠."

명익이의 손이 저를 어딘가로 이동시켰습니다. 등줄기에 부드러운 천과 푹신한 쿠션이 느껴졌어요.

"어쨌든 쌤, 감사해요. 진짜 살다 보니 별일이 다 있네요, 새가 사람 집에 들어오다 찢어진 방충망에 걸려서 기절하다니. 역시 인간이란 건 지구에 있어선 안 될 존재인가 봐요."

"뭘 거기까지 가냐. 네가 용돈 털어 치료해 줬으니 됐지."

저를 일종의 이동장에 넣은 모양입니다. 시야가 조금 어두워지더니, 공간이 통째로 흔들렸습니다.

"어머니께 안부 전해라."

"쌤이 직접 하시는 게 빠를걸요."

딸랑, 하고 맑게 울리는 종소리가 들렸습니다. 바깥 공기 냄새를 맡으니 어디인지 비로소 알겠더군요. 솔밭공원 근처의 동물 병원이었습니다.

그러니까 내가 방충망에 걸려 기절하고 다쳤단 말이지. 다 나으려면 3주나 걸린단 소리지.

곁눈질로 무거워진 날개 쪽을 보았습니다. 뭔가 단단한 게 잔뜩 붙어 있었죠. 이런 모습을 턱끈펭귄에게 발각당한다면 죽을 때까지 놀림당할 겁니다. 솔밭공원에서 가장 오래된 소나무를 쪼아 기록해 놓고 제 증증증손주에게까지 전할걸요. 얼굴을 쿠션에 묻었습니다.

역시 오지랖은 부리는 게 아닌가 봐, 하고 한탄하는데 벨소리가 울렸습니다. 명익이의 핸드폰이었죠. 명익이가 조심스레 이동장을 내려놓는 느낌이 몸에 전해졌어요.

"응, 다미야. 데리고 집에 가고 있어."

다정한 저 목소리. 믿을 수 없는 저 목소리. 그렇지만 또 나를 살린 목소리.

"괜찮을 거래. 미안해, 오늘 약속 파투 나서. 응, 그래도 미안해. 주말에 꼭 영화 보자."

대체 사람에게는 얼마나 많은 모순된 면이 동시에 존재하는 걸까요? 저토록 다정하고 이토록 동물을 잘 챙기는, 그리고 친분이 없는 남에게 쓰레기 같은 말을 퍼부을 수 있는 저 아이에게는.

18

가장 먼저 한 일은 방송댄스부와 걸스힙합부를 한자리에 모으는 것이었다. 항문중 내부에선 할 수 없었다. 선생들이 제일 싫어하는 게 애들이 모이는 것, 특히 춤추는 '양아치'들이 모이는 거고, 게다가 엄마도 신경 쓰이니까.

솔밭공원에 자리를 잡아 보려고도 했지만 보는 눈이 너무 많아 후보에서 제했다. 결국 남는 곳은 아진이의 자취방뿐이었다. 아진이가 어떻게 집주인 할머니를 구워삶았는지 옥상 문이 활짝 열려 있었다.

"할머니가 오늘 하루만이래. 다음엔 국물도 없대."

아진이가 말했다.

옥상에는 큰 평상이 있어서 모두 편하게 앉을 수 있었다.

아진이의 방이었다면 열여섯 명이나 되는 애들이 빽빽이 들어차선 슈퍼에 놓인 소면 다발처럼 꽁꽁 묶인 듯 서로 껴안고 있어야 했을 텐데.

"이왕 판을 깔려면 서울까지 가는 게 좋지 않아?"

"어느 세월에 서울까지 가냐. 주말에 학원 다니는 애들도 많은데. 그리고 서울엔 사람이 엄청 많아서 우리가 발광을 해도 눈에 안 띌걸."

"국회 의사당 앞에서 하면?"

"너 가 보긴 했어? 거기 들어갈 수 있냐?"

"모르지 나야."

모두 열여섯 명, 인해 전술로 밀어붙일 계획이었다. 대충 훑고 스크롤하여 넘기기 바쁜 SNS 계정에서 이야기해 봤자, 혹은 서로 쉬쉬하며 좋게 좋게, 둥글게 살자고 하는 항만시 땅에서 이야기해 봤자 아무도 들어주지 않을 거라는 걸 이제는 안다. 우리는 항만시가 아닌 곳에서 게릴라 공연을 열어 춤으로 사람들을 모으고 공연 중간에 항문중의 만행에 대한 이야길 끼워 넣을 생각이었다.

어디서, 언제 출 것이냐가 큰 문제였다. 기회는 한 번뿐일 테니 완벽해야 했다. 여기 어때? 저기 어때? 아이디어가 나왔지만 무언가가 걸리고, 또 대안이 등장하면 어느 부분이 문제가 되고. 너무 어려운 일이었다.

사기도 분노도 점점 꺾이고 모두가 잠잠해졌을 때였다.

"여기 어때?"

아진이가 물었다. 우리는 일제히 고개를 빼들었다. 아진이가 큰 소리로 말했다.

"제5회 인권영화제."

"어?"

"음?"

엄마에게 그간 배운 게 있으니 익숙하지만 다른 애들에겐 너무 어려워 보이는 타이틀 아닌가? 애들 대부분 책도 안 읽고 공부도 안 하고 인권이 뭔지도 모르는……, 이라고 속으로 중얼거리며 애들의 얼굴을 보는 순간 나는 깨달았다. 나 또 쓰레기 같은 생각했네. '으이구, 바보!' 하며 내 머리를 쥐어박았다. 왜 그러냐고 애들이 물었지만 고개만 흔들었다. 뇌에 힘을 빡 주지 않으면 자꾸만 가해자 편에서 생각하거나, 혹은 남을 무시하려 든다. 이게 다 잘못된 한국 교육 때문이야, 라고 탓을 하고 싶지만 사실은 나도 잘 안다. 그렇게 탓을 하기 시작하는 순간이 가장 위험한 때라는 걸.

"위치 좋지, 취지도 좋지, 우리한테 도움을 주지 않을까?"

인권영화제는 서울의 어느 여대 캠퍼스에 위치한 독립영

화관에서 열린다고 했다. 그 여대는 이름을 들어 본 번화가에 있었다. 인권영화제 주최 측의 허락을 받아 여대 캠퍼스 근처에서 버스킹을 하자고 아진이는 이야기했다. 언니들한테 이야기 잘하면 매스컴에 나오게 될지도 모른다고.

"적어도 대학생 언니들은 잘 생각해 주겠지."

"좋아."

"나도."

의견이 하나로 모였다. 영화제 주최 측에 메일을 보내는 건 기자를 꿈꾸는 회색 인간 지혜가 하기로 했다. 우리는 롤링페이퍼를 만들어서 각자 하고 싶은 말을 압축해 적었다.

"임금님한테 상소문 쓰는 것 같지 않냐? 통촉하여 주시옵소서, 하고."

아진이가 장난스레 말했는데 그만 유진이가 우는 바람에 머쓱하게 묻혀 버렸다.

"야, 왜 울어. 그만 울어."

우리 부서든 방송댄스부든 할 것 없이 모두 유진이의 옆에 가서 붙었다.

예쁜 애도 울 때 콧물이 질질 나오는 건 똑같다는 걸 비로소 알았다. 귀여운 척하려고 콧소리로 말하는 줄 알았는데 지독한 비염이 있고 봄이라 더 심했다는 사실도. 점성이 강한 누런 콧물이 인중을 덮는데도 신경 쓰지 않고 유진이는 울었다. 유진이를 보며 걱정이 한가득인 아이들이 있는가 하면 눈물, 콧물로 절여지고 피부까지 벌게져서, 푹 찐 김치 만두처럼 되어 버린 유진이의 얼굴을 우스워하던 애도 있을 것이다.

옥상에 휴지가 있을 리 없었다. 누군가 휴지를 가져오겠다며 내려갔는데 휴지를 못 찾는 건지, 가파른 계단에서 구르기라도 했는지 통 소식이 없었다. 유진이는 이제 양쪽 콧구멍이 다 막혀 입을 벌려 숨을 쉬고 있었다. 얼마나 답답할까 싶어서 나는 우왕좌왕하다가…… 그만 옷소매로 코 아래를 닦아 주고 말았다.

"흥, 해."

엄마가 어린 나에게 했던 것처럼, 상대가 창피할 것도 생각하지 않고.

"흥!"

유진이는 진짜로 흥을 했다. 다른 애들이 콧물이 형체나 색깔을 보지 못하도록 콧물이 묻은 옷소매를 접어서 썩썩 뭉개 버렸다. 콧물은 금방 소매 속으로 스며들었다.

그제야 두루마리 휴지가 도착했다. 유진이가 다시 코를 풀었다.

"옷 줘, 내가 빨아다 줄게."

유진이의 말에 고개를 저었다. 이거 빨래하는 게 뭐 얼마나 힘들다고……. 중얼거리면서.

사실 내 옷이 아니고 아진이 옷이라 양심엔 좀 찔렸지만.

장명익의 잘못도 이렇게 코 풀 듯 시원하게 세상에서 사라질 수 있다면 얼마나 좋을까. 아마 비염 같은 거겠지. 절대로 완치를 기대할 수 없는, 그 계절이 되면 언제나 사람을 괴롭게 만드는.

장명익이 사라져도 누군가 또 그런 짓을 하겠지. 아마도.

[보낸이]	wisdom._.tooth0328@abcd.com
[받는이]	thefifth_humanright_film@efgh.com

[제목] 제5회 인권영화제 측에 버스킹을 제안합니다.
(모교 비리 관련)

[내용]

제5회 인권영화제 관계자 님께

안녕하세요, 저는 항만시에 있는 항만중학교 3학년에 재학 중인 이지혜라고 합니다. 저희 학교에서 일어난 사건과 부당한 학교의 처사를 널리 알리고자 저 포함 열여섯 명의 친구들이 뜻을 모았습니다. 제가 대표로 관계자님께 메일을 드립니다.

제 친구는 석 달 넘게 익명의 계정으로부터 성적인 희롱과 협박이 담긴 디엠을 지속적으로 받았습니다. 한참을 참다가 경찰에 신고했지만 지금까지 경찰로부터 아무런 연락을 받지 못했습니다. 사실 경찰은 수사를 해서 범인을 알고 있었습니다. 가해자는 우리 학교 3학년 남학생이었습니다. 경찰은 그 사실을 피해자인 제 친구가 아니라 학교에 먼저 알리고, 학교에서 가해자에게 직접 통보하고 사과시키는 것이 교육상 옳다고 판단하여 피해자에게는 알리지 않았다고 합니다. 다른 친구가 그 소문을 듣기 전까지 피해자는 가해자가 누군지도 몰랐습니다.

하지만 학교에서는 아무런 처벌도 대처도 하지 않았습니

다. 학교에 교칙이 없기 때문입니다. 교칙이 없으면 학생들이 잘못을 해도 처벌을 받지 않을 뿐 아니라 기록이 남지 않습니다. 실제 분위기가 엉망이어도 기록상으로는 깨끗하고 평화로운 학교가 되는 겁니다. 피해 학생들이 두 눈 시퍼렇게 뜨고 있는데도 어떠한 사과도, 대책도 없었습니다. 교장은 '학교 폭력 없는 학교'로 표창까지 여러 번 받았습니다.

저희는 교칙이 없다는 것을 이제야 알았습니다. 그동안 잘못을 저지른 애들은 교내 봉사 몇 시간 같은 벌을 받았습니다. 그 벌은 다 가짜였습니다. 어디에도 기록되지 않으니까요.

어떤 학생들은 좋아할지도 모릅니다. 생기부에 줄이 가지 않으니까요. 좋은 고등학교에 가려면 나쁜 기록이 없어야 하는데 항만중학교에서는 어떤 짓을 해도 깨끗한 생기부를 유지할 수 있으니까요. 저희는 이게 부당하다고 생각합니다. 잘못을 했으면 벌을 받아야 합니다. 더욱이, 교칙에 의한 합당한 벌이 없는 것이 학교와 운영진의 헛된 명예를 위해서이기 때문에 더욱 참을 수 없습니다.

사랑하는 친구가 피해자가 된 상황입니다. 이 일을 알리고 싶지만 작은 항만시에서 시위를 하고 소리를 질러 봤자 어른들은 동네 시끄럽다며 저희를 막고 사건을 지울 것입니다. 슬프게도 그렇습니다.

그래서 좀 더 넓은 무대로 가서 더 크게 소리치려 합니다. 그러기 위해서는 도움이 필요합니다.

+ + + + +

메일을 발송하기 전 지혜는 내게 초안을 보내왔다. 혹시 잘못 쓴 점이나 드러내고 싶지 않은 게 있다면 얘기해 달라고 했다. 메일에는 첨부 파일이 있었다. 우리가 쓴 메모의 스캔본과 걸스힙합부, 방송댄스부 영상이 있었다. 영상은 왜 넣었는지 묻자 지혜는 실력이 이 정도 된다는 거 자랑해야 어필이 되지, 하고 말했다. 인권영화제로부터 답장이 금방 왔다. 영상 때문이라고 지혜는 우겼다.

나는 아직 잘 모르겠다. 절대 어른을 안 믿겠다고 다짐 또 다짐한 게 겨우 일주일 전이다. 그런데 다시 어른의 도움을 얻으려 한다. 이게 될까? 애들이 나를 위해 노력해 주는 건 너무 고맙다. 고마운데…… 다들 헛고생만 하는 게 아닐까? 우리 또 배신당하는 건 아닐까?

고민이 많다. 많아서 미치겠다. 머리가 터질 것 같다.

아진이네 집주인 할머니가 '세상 짐은 다 짊어졌네. 가슴 좀 내밀고 다녀.'라고 했다.

자꾸 어깨가 말린다고 했더니 할머니가 아진이를 시켜서 내 어깨를 주물러 주게 했다. 말려 있던 어깨가 펴지니 목이 똑바로 서서 비로소 주변을 볼 수가 있었다.

19

엄마나 선생님과 같은 보호자 없이는 항만시 밖으로 나가 본 적이 없다. 그래서 가끔은 우습단 생각을 한다. 나중에 서울이든 어디든 다른 곳으로 대학을 가거나 취직하게 된다면 "고향이 어디에요?"란 질문에 항만시라고 대답을 하겠지. 그러나 정작 항만시가 어디 붙어 있는지, 그 주변에는 뭐가 있는지, 항만시의 아름다움은 무엇인지 묻는다면 대답할 수가 없겠지. 비교할 대상이 없으니까. 내 세계는 그 징도로 좁았으니까. 내게 항만시는 그저 대한민국의 한구석에 위치한, 도시 가운데를 가로지르는 강이 있는, 이름은 항만시이면서 정작 바다는 볼 수 없으며 깊이는 벙커와도 같아서 도망가기 힘든 동네이니까.

시외버스터미널에서 표를 끊고 버스를 탔다. 원래는 텅텅 비었을 버스는 방송댄스부와 걸스힙합부 애들로 채워졌다. 모두가 무단결석을 해 버린 것이다. 솔직히 겁이 안 난다면 거짓말이겠지만 같이 일을 저지르는 동지들이 많을수록 무서움은 줄어드는 모양이다.

휴게소에 어른 없이 가 본 것 역시 처음이었다. 엄마랑 가면 곧 밥 먹을 거니까 간식은 사지 말라고 제지당하곤 했다. 엄마가 없으니 통감자와 소떡소떡, 아이스크림을 맘껏 사 먹을 수 있었다. 너무 많이 먹어서 나중엔 멀미가 조금 났지만.

이래도 되나 싶기도 했다. 우리는 어른들의 잘못을 따지기 위해 서울에 가고 있으며, 나는 형제를 고발하고 엄마를 난처한 상황에 몰아넣으려 하고 있다. 그런데 이렇게 소풍 가는 분위기여도 되는 걸까? 더구나 피해자 유진이도 함께 있다. 슬퍼하거나 비장해야 하는 게 아닐까.

만약 목소리가 상냥한 어른이 눈꼬리를 축 늘어뜨린 채로 다가와 수심에 가득 찬 얼굴로, 너희가 이러다가 다칠까봐 두렵다고, 세상이 너희를 상처 입힐 수 있으니 잠깐 참고, 힘과 목소리를 키운 후 나서는 게 어떻겠냐고 물었다면, 그리고 결정적으로 나 혼자였다면, 꼬리를 내리고 물러났

을지도 몰랐다.

나는 이 생각을 아진이에게 조용히 털어놓았다. 서울고속버스터미널 화장실의 가장 마지막 칸에서. 그러자 옆 칸에서 졸졸 소리를 내며 오줌을 누던 아진이가 대답했다.

"야, 다음이란 없어. 항상, 바로 지금 우리는 가장 힘이 세고, 할 수 있는 말이 많아. 두 번 생각하고 침착하게, 이성적으로 행동하라는 어른들의 말은 처리해 주기 불편한 일이니까 잊힐 때까지 기다리라는 말이랑 똑같은 뜻이야. 난 그렇게 생각해."

다 같이 9호선을 탔다. 고요한 지하철 안에서 우리는 꾸벅꾸벅 졸다가 하마터면 환승역을 지나칠 뻔했다. 지하철을 갈아타는 것은 어렵지 않았다. 영화제 주최 측 사람들은 우리가 지방 애들이라 길을 잃을까 걱정했는데, 개뿔. 맥도널드 키오스크 주문보다 쉬웠다. 길고 긴 에스컬레이터에 한 줄로 올랐다. 지혜가 영화제 담당자에게 환승 중이라고 전화를 걸었다.

"야, 나 갑자기 떨려."

아진이가 내 소매를 쥐었다. 나는 넓은 아진이의 품에 거의 안기는 모양새가 되었다. 내가 아진이보다 에스컬레이터 한 단 위에 있었기 때문에 우리 눈높이가 거의 비슷했다.

아진이는 아래가 아니라 정면에서 보면 이렇게 생겼구나. 나는 새삼스레 아진이의 얼굴에 대해 생각했다.

웅웅, 웅웅웅, 하고 어디선가 진동 소리가 울리기 시작한 것은 2호선을 기다릴 때였다.

"네 핸드폰 아니야?"

옆에 서 있던 유진이가 나를 가볍게 쳤다.

20

 명하가 내내 가출을 했어도 주은희 씨가 모르는 척 넘어
갔던 이유는 두 가지 정도로 압축될 수 있을 터입니다. 첫
째, 일단 명하가 학교에 멀쩡히 출석하는 모습을 주은희 씨
가 바로바로 확인할 수 있고요. 둘째, 주은희 씨도 자존심이
있으니 10년 후쯤엔 우스운 에피소드가 될지도 모르는 작
은 가출 사건에 펄펄 뛰는 꼰대가 되고 싶지 않아서일 겁니
다. 은희 씨는 자신이 다른 고루한 학부모와는 결이 다르던
데서 대단히 큰 만족감을 얻으니까요. 안 그런 척해도 속내
가 다 보입니다.

 그렇지만 명하가 학교를 무단결석한 무리에 섞여 서울로
향했다는 소식을 듣자 은희 씨는 그만 활화산이 되어 버렸

습니다. 결석은 주은희 씨네 집에서 금기시되는 일 중 하나 거든요. 은희 씨는 책임감이니 약속이니 말하지만, 사실은 근처 광역시의 더 '좋은' 학교로 쌍둥이를 진학시킬 생각이 었기 때문입니다. 그 학교에 가려면 결석은 절대로 하면 안 된다고, 딱 한 번이라도 하는 순간 끝이라고 쌍둥이에게 신 신당부를 했거든요. 본인이 자식들에게 바라는 건 오직 그 거뿐이라고, 그러니 노력해 달라고요.

은희 씨가 전화를 귀에 대고 계속 서성거립니다. 누구도 받지 않는 눈치예요. 은희 씨 입에서 말 한마디 나오지 않았 으니까요. 저는 둥지처럼 돌돌 말려 거실에 놓인 푹신한 이 불 위에서, 그와 반대로 살얼음판 같은 집안 분위기를 온몸 으로 느끼고 있습니다.

몇 번이나 대답 없는 전화를 걸던 주은희 씨가 마침내 방 에 처박혀 있던 명익이를 불러냈습니다.

"네가 걸어 봐. 네 전화로."

주은희 씨 말에 명익이가 고개를 저었습니다.

"장명익. 그렇게 자존심 세우다 일 키울래? 원래 불나면 초기 진화가 제일 중요한 거야."

"하고 싶지 않아."

"거기 채유진이도 같이 있을 거라고. 애들이 많아서 네가 사과하는 거 들을 증인도 많아. 그중 마음 약한 애가 하나는 없겠니? 한두 명이 안 하겠다고 빠져나가기 시작하면 금방 수그러들 거라고. 장명익, 아들! 제발."

이 집에 머무를수록 주은희 씨에 대한 호감도는 실시간으로 깎여 갑니다. 저런 사람인 줄은 몰랐어요. 턱끈펭귄처럼 냉소적으로 인간들을 대하는 게 진리였던 걸까요.

결국 읍소에 못 이겨 명익이가 자기 핸드폰으로 전화를 걸었습니다. 스피커 모드로 바꾸고 핸드폰을 바닥에 내려놓았죠. 주은희 씨와 명익이가 그 옆에 주저앉았고요. 뚜르르, 뚜르르. 통화 연결음 사이로 주은희 씨가 마른침을 삼키는 소리가 들리더군요. 명익이는 새하얗게 질려 가기 시작했습니다.

그리고 뚝. 연결음의 소리가 끊겼습니다. 저는 당연히 명하가 전화를 거절했을 거라고 생각했지요. 그런데…….

"여보세요?"

명하가 전화를 받았습니다!

멍익이는 말하는 법을 잊어버린 사람 같았습니다. 여보세요? 여보세요? 대답을 얻지 못하는 명하의 목소리만 공허하게 거실에 울려 퍼졌죠. 주은희 씨도 마찬가지로 몹시 놀란 듯했습니다. 다짜고짜 전화를 건 모자가 함께 꿀 먹은 벙

어리가 된 걸 보니 어찌나 우습던지요. 자기들도 일말의 양심이 있으니 쉽사리 말이 나오지 않았던 걸까요? 이 기회를 놓치면 명하는 다시 전화를 받지 않을지도 모릅니다. 저는 명하가 무얼 하고 있는지 궁금했어요. 날개가 이 따위로 망가져 버렸으니 날아가서 볼 수도 없고…….

어떻게든 통화를 끝고 가야 했습니다. 그런데 모자가 저토록 바보 같아서야. 그럼 제가 나설 수밖에 없죠. 가속이 좀 필요하겠어요. 저는 이불을 박차고 나가 핸드폰으로 돌진했습니다. 주은희 씨와 명익이가 깜짝 놀라 저를 잡으려 손을 뻗었지만 저는 잡히지 않을 동선을 모두 계산한 후였죠. 그리고 목청이 터져라 외쳤습니다.

"명하야! 명하야! 어디 있는 거야 명하야!"

명하에겐 '짹짹짹, 짹짹찍짹!'으로 들렸겠지만 말입니다. 알아요, 저도. 바보가 아니니까요. 알면서도 그러는 거죠. 마음이 움직이는 대로 질러 보는 겁니다.

"장명익한테 전화 온 거라며?"

"몰라. 그냥 새소리만 나는데?"

"잘못 건 거 아니야?"

"명하야, 그냥 끊어."

처음 듣는 여러 목소리가 스피커폰을 통해 거실에 울려

퍼졌습니다. 그제야 명익이는 정신을 차린 것 같더군요. 주은희 씨가 입을 열려고 하는데 명익이가 손을 들어 제지했습니다. 그러고는 말했죠.

"장명하. 어디야?"

명하의 주변에서 아이들은 여전히 와자지껄 떠들었지만 명하만은 입을 꾹 다문 게 수화기 너머로 느껴졌습니다. 숨조차 쉬지 않는 것처럼 말이에요. 명익이가 다시 입을 열었습니다.

"장명하, 내가 갈게. 어디야?"

그제야 명하가 대답을 했어요.

"여기가 어딘 줄 알고 와? 그리고 너 볼 생각 없어."

"왜 이러는 거야? 엄마랑 싸운 것 때문이야? 아니면 내가 알고 있는 그것 때문이야?"

"네가 알고 있는 그것?"

"어, 내가 알고 있는."

"웃기시네."

명하는 코웃음을 쳤습니다.

"너 되게 웃긴다, 네가 목격자야? 남이 사고 친 거 구경하는 사람이야? 알고 있는? 왜 거리를 둬? 그럼 네가 알지, 모르겠냐?"

"야."

"네가 저지른 죄인데?"

주은희 씨가 파르르 떠는 게 공기의 진동으로 느껴졌습니다. 이번 일로 알게 된 특징인데, 주은희 씨는 호명에 굉장히 약합니다. 아들이 '죄'를 저질렀단 심증을 가지고 있어도, 귀에 꽂히는 정확한 단어 '죄'를 타인으로부터 듣지 않는 한 절대 진실이라 생각지 않죠. 눈 딱 감고 모르는 척하는 겁니다. 달려오는 맹수를 보고는 작은 머리를 땅에 파묻고 자신이 볼 수 없으니 위험이 지나갈 거라 믿는, 애니메이션 속 타조 같아요. 사실 진짜 타조들은 훨씬 똑똑합니다. 인간들에게 보여 주지 않을 뿐이죠.

"어디 있는지 알려 줘. 가서 내가, 내가 다 설명하겠다고. 엄마랑 같이 가서."

명익이가 답답하다는 듯 말했습니다. 명하는 조금 망설이는 듯 쉬었다가 말을 뱉었지요.

"내가 둘을 어떻게 믿고?"

그때 수화기에서 아주 분명한 말소리가 명하의 목소리 너머로 들렸습니다. 이건 주은희 씨와 장명하는 무슨 뜻인지 알지 못하지만 내가 아는 소리였습니다.

두 비둘기가 고래고래 소리 지르며 대화를 나누고 있었

습니다.

"우리 엄마가 당산역엔 절대 들어가지 말라고 했어."

"엄마 말은 안 듣는 게 국룰이지. 여기 들어오면 사람들이 우리를 피해 다닌다고."

"개꿀이네."

그리고 곧 수화기 너머로 이상한 노랫소리와 함께 우렁찬 기차의 소음이 휘몰아쳤습니다.

"너 지금 지하철 탄 거니? 겁도 없이 너희끼리 서울까지 가서? 어디 역이니? 어딜 가는 거야? 대체 뭐하는 거야?"

주은희 씨가 외쳤습니다. 그러자 명하는 소리를 지르더니 전화를 뚝 끊어 버렸지요.

"엄마 같은 위선자랑은 상종하고 싶지 않아. 그래, 나 지하철 탈 거야. 내 말을 잘 들어주는 좋은 사람들을 만나러 갈 거야. 얘기할 시간 없어! 끊어."

21

우리는 사무실로 들어갔다. 스태프 명찰을 건 대학생 언니들은 우리에게 써브웨이 샌드위치와 콜라를 배달시켜 줬다. 그러면서 메일 이야기를 꺼냈다. 알고 봤더니 지혜는 우리 생각보다 훨씬 많이 언니들과 메일을 주고받고 있었다. 우리가 학교에, 학원에, 떡볶이집에, 코인노래방에 머물며 시간을 죽일 때도 지혜는 메일을 쓰면서 언니들과 이야기를 나눴던 모양이다. 마치 자기 일인 것처럼 열심히, 한 자 한 자 심사숙고해서.

"여기 가해자 쌍둥이 동생이 있다고 들었는데, 누구니?"

한참을 이야기하던 중 리더로 보이는 언니가 물었다. 대화가 뚝 멈췄다. 아이들 중 어느 누구도 나를 쳐다보지 않았다. 모두 빨대를 입에 문 채 책상만 내려다보고 있었다.

"아, 별로 말하고 싶지 않나?"

삽시간에 가라앉은 분위기를 느낀 언니가 물어보자 누군가 팔꿈치로 나를 툭 쳤다. 뭐해, 대답해, 이 상황의 주도권을 잡고 있는 저 사람이 묻잖아, 라고 핀잔을 주는 듯.

그러나 내가 입을 열기 전에 유진이가 먼저 선수를 쳤다.

"그건 말 안 하기로 약속했어요."

나는 모르는 일이었다. 재빨리 다른 애들의 표정을 보니 모두들 나와 비슷했다. 유진이 멋대로 대답한 것이다. 유진이가 다시 말했다.

"걔가 누군지 알게 되면 다른 애들이랑 다르게 대하실 것 같아서요. 좋은 맘으로 위로해 주시는 분들도 있겠지만 그것 자체도……."

"그래, 무슨 말인지 알겠다."

언니가 고개를 끄덕였다.

줌은 다음 날 점심시간 경에 추기로 했다. 5시가 되자 이미 저녁의 냄새가 공기 중에 짙게 퍼져 있었다. 언니들을 따라 캠퍼스를 구경했다. 대학 캠퍼스는 처음이었다. 항만대학교 재학생을 둘이나 사귀어 봤다는 유진이도 캠퍼스에 들어가 본 적은 없다고 했다.

"지금 생각하니까, 그 나이에 중학생 사귄다고 친구들이 욕할까 봐 구경 안 시켜 줬나 봐. 그 남친들, 자기 학교 근처에선 절대 안 만나려고 했거든."

유진이가 쓴웃음을 지었다.

신기했다. 벤치에도, 잔디밭에도, 운동장의 트랙 위에도 언니들이 아무렇게나 드러누워 흐트러진 산발 머리를 한 채 낄낄 소리 내서 웃고 있었다. 헐렁한 바지를 입은 다리를 쫙 벌리고 있기도 했고, 한쪽 무릎을 세우곤 다른 쪽 발을 그 위에 올린 채 누워 있기도 했다. 우리는 밖에서 저렇게 누워 본 적도 없었고, 저런 자세를 한 적도 없었다. '문란한 애들이 모이는' 곳이라고 어른들이 쑥덕대는 솔밭공원에서조차.

"저희도 누워 보면 안 돼요?"

내 질문 덕에 모두 넓은 잔디밭에 누울 수 있게 되었다. 우리는 거기에서 맘껏 뒹굴었다. 어차피 춤출 때 입을 옷은 따로 가방에 넣어 왔으니까 흙이 조금 묻어도 상관없었다.

"이 잔디 이름이 뭔지 알아? 총장잔디야."

"왜요?"

"저기 저 창문 보여? 저기가 총장실이거든."

"네."

"우리가 여기서 뒹굴고 있는데 총장이 창문을 열더니 '내 잔디에서 놀지 마!'라고 소리를 빽 지르는 거야. 그래서 총 장잔디가 됐어. 웃기지? 등록금은 우리가 내는데 이게 왜 자기 잔디야?"

"장들은 다 똑같나 봐요. 총장, 교장."

"그런데 우리가 쫓아냈어."

언니가 빙그레 웃었다.

"비리 몇 가지가 한꺼번에 터졌는데 아주 뿌리를 단단히 박고 안 나가시는 거야, 이 양반이. 그래서 시위했지. 그게 벌써 3년 전 일이다. 뉴스 찾아보면 나올걸?"

우리는 그 자리에서 바로 언니가 말하는 대로 검색어를 집어넣었다. 실제로 그때의 사건을 다룬 기사들이 여럿 떴다. 언니들의 사진과 동영상도 떴다. 동영상 속 언니들은 몇 백 명이나 됐다. 총장실이 있는 건물의 모든 출입구를 막았다는 자막이 지나갔다. 건물 앞 총장잔디에 무대를 세워 합창을 하고 춤을 추고 연설도 했다. 밤에는 그 학교 출신이라는 인디밴드들이 대거 공연을 하러 왔다. 이름을 처음 듣는 밴드도 있었고, 친구들의 카카오톡 프로필 뮤직으로 자주 접하던 유명 밴드도 있었다. 그 사람들이 무대에 올라 노래를 부르는 사이 무대 아래의 학생들은 초에 붙은 불을 서로 나누었다. 초가 하나둘 밝혀지더니 곧 잔디밭에 흐드러지게 은하수가 피었다.

그 영상을 보다가 깜짝 놀랐다. 보통 촛불 의식을 할 땐 종이컵에 초를 꽂아서 촛농이 손으로 흐르지 않도록 하지 않나? 그런데 영상 속 초에는 종이컵이 없었다.

"선배들이 종이컵을 사서 밤새도록 칼집을 다 내 놨는데, 종이컵 박스가 감쪽같이 사라졌다는 거야. 발을 동동 구르길래, 우리가 괜찮다고 그랬지. 촛농 뜨겁다고 불평하지 않을 테니까 그냥 하자고. 좀 뜨겁긴 했는데, 금방 굳고 식더라고. 아무도 안 다쳤어."

그 말을 듣던 아진이가 그랬다.

"저라면 박스를 잃어버린 관계자를 욕했을 텐데. 언니들 의리 멋있다."

나도 똑같은 마음이었다. 기사들을 쭉 스크롤했다. 댓글에는 악플이 더 많았다. 댓글의 성비는 남자 8, 여자 2였다. 이러쿵저러쿵 그럴 듯한 이유들을 얹어 가며 언니들이 잘못 행동한다고 비난하는 사람도 있었고, 카메라에 비친 언니들의 얼굴을 원색적으로 헐뜯는 사람들도 있었고, 그 총장이란 사람이 지금껏 얼마나 대한민국의 사회, 정치적 진보에 헌신했는지를 읊으며 이건 다 조작이라고 일갈하는 무리도 있었다. 확실한 피해자들이 존재하고, 직접 얼굴을 드러냈는데도 그랬다.

"언니들은 이런 악플 보고 괜찮았어요?"

사실은 일이 커진 게 무서워서 지금껏 아주 조용히 꼽사리 낀 아이인 양 잠자코 있었지만 그 질문만은 할 수밖에 없었다.

"당연히 안 괜찮지. 욕먹고 괜찮은 사람은 없어. 근데 내 편인 사람도 많잖아? 그러니 동점이라 생각하는 거지. 책에서 읽었는데, 어차피 본전이라면 질러 보라는 거지. 용기 내서."

캠퍼스 투어를 마치고 찜닭까지 얻어먹은 후 유스호스텔에 들어와 누웠다.

"우리 중 누구도 돈을 낸 사람이 없는데 대체 누가 이 경비를 부담하는 걸까?"

새우쌍과 포카칩과 콜라병들 앞에서 아진이가 의문을 제기했다. 역시 자취생다운 궁금증이었다. 나는 그때까지 단한 번도 헤아리지 못하고 있었는데.

"언니들이 냈어."

지혜가 말했다.

"언니들이 돈 모아서 해 준 거야."

"잘해야겠네."

"적어도 돈 쓴 보람은 있게 해야지."

"대학생이면 돈 많은가?"

"많긴 뭘 많아, 거지야. 우리 언니는 알바 두 탕 뛰는데도 맨날 돈 부족하대."

"우리 망하면 안 되겠네."

"그러니까."

잠시 침묵이 내려앉았다. 친구들 수만큼이나 각자 춤추는 이유가 다양했다. 남이 놀리고 깔볼까 두려워 말은 안 하지만 매 주말 서울에 올라가서 오디션을 보는 가수 지망생도 있었고, 춤이 좋아서 하루 종일 그 생각만 하는 처돌이도 있었고, 공부 잘하면 찐따라는 선입견이 싫어서 악착같이 시간 쪼개 연습하는 전교 6등도 있었으며, 항만시의 항만중학교에 도달하기까지 외지에서 네 군데의 중학교를 거쳐야 했던, 그래서 원하는 미래라곤 그저 별 탈 없는 졸업뿐이며 춤추는 이유는 밤에 잘 자기 위해서라고 말하는 친구도 있었다. 그리고 어른들은 모르겠지만 그 모든 이유를 가진 친구들 모두, 나름의 인도주의적 책임감을 품고 있었다.

그러니까, 다들 도와주겠다고 하는 것일 터였다.

+ + + + +

그러니까, 왜 다들 나를 도와주겠다고 하는 것일까…….

어른들을 절대 안 믿겠다고 다짐한 지 며칠 되지 않아 다시

이런 희망을 가지는 게 우습고 억울하기도 했다. 궁금증도 컸다.

특히 언니들이 우리 식비와 숙소 비용을 다 냈다는 것을 듣고 충격을

받았다. 예전 댄스 학원 선생님이 혼내면서 했던 말이 생각났다.

"애들은 아무리 잘해 줘도 3년만 지나면 잊어. 애한테 100을 투

자해 봤자 10도 기억을 못하고 다 자기가 잘난 줄만 알지. 그

러니까 잘해 줄 필요 없거든. 나한테도 괜한 기대하지 마라."

그 말을 듣고는 어른, 특히 누굴 가르친다고 하는 어른들은 안 믿

게 되었다. 게다가 기자 사건 이후엔 더더욱.

그런데 언니들은 왜 보답도 없을 이 일에 뛰어들까?

나는 지혜에게 물었다. 지혜가 아무래도 언니들이랑 가장

이야기를 많이 나누었으니까. 지혜는 자기가 전달해서 뜻이 흐

려지느니 직접 대화하는 게 낫겠다면서 어떤 언니에게 전화를

걸었다.

막상 언니의 목소리를 들으니까 머릿속이 뒤죽박죽이었다. 더듬

더듬 말하고 나니 언니가 큰 소리로 웃었다.

"야, 유진아. 우리도 기대하는 게 있으니까 하는 거야!"

깜짝 놀랐다. 나는 해 줄 수 있는 게 없는데.

"너네가 춤 너무 잘 춰서, 그걸로 영화제 홍보를 멋지게 해 보려고 하는 거거든? 이번에 영화제 우여곡절이 많아서 아직 홍보가 덜 되었단 말이야. 그래서 너희한테 물어가려고 하는 거거든? 그러니 부담 갖지 마. 우리 너희한테 봉사하는 거 아니야."

언니는 우리를 도와주는 거라고 말하지 않았다. 대등한 거래인 것처럼 이야기해 줘서 고마웠다. 매일같이 우리가 너희에게 얼마나 해 준 게 많은데, 라고 투덜대는 다른 어른들처럼 말하지 않았다.

그래서 더 언니들을 잊을 수 없을 것 같았다.

그러니까, 다시 믿고도 싶어졌다. 나를 도와주는 게 아니라 내가 필요해서 동료가 된 거라고 했으니까.

22
———

명하가 당산역 주변에 있단 걸 어떻게 알려 줄 수 있을까요? 살면서 이만큼 인간 기술에 목말랐던 적이 없었습니다. 인간들은 왜 조류 언어 번역 기술을 아직까지 개발하지 못했을까요?

결국 할 수 있는 건 딱 한 가지였습니다. 영험한 곤줄박이처럼 구는 거지요. 〈세상에 이런 일이〉나 〈TV 동물농장〉에 나오는 동물들처럼 말이에요.

"찍짹, 색째래잭짹? 찍짹? 째, 째직짹?"

"찌, 찌, 잭짹?"

"쯔즈즈잭짹, 찍짹, 응짹, 으음…… 즛짹?"

"찟즈짹 짲짹…… 으음, 즈찍… 짹쯔짹."

전화가 끊겨 조용해진 명익이의 핸드폰을 계속 쪼는 시늉을 하면서 소리쳤습니다.

"왜 이래, 정신 차려. 배고파? 날개 아파? 뼈 붙느라 근지러운 건가?"

명익이가 중얼거리며 제 몸을 부드럽게 쥐려 했지만 저는 필사적으로 벗어나며 계속 소리쳤죠. 핸드폰을 쪼며 소리치기를 반복하느라 입에 침이 바싹바싹 말랐습니다.

"쟤는 또 왜 저런다니 진짜."

은희 씨는 울 것 같은 표정으로 이마를 짚은 채 한숨을 쉬었습니다. 이제 화면은 완전히 꺼졌습니다. 저는 더 크게, 두 배로 크게 소리를 내질렀죠.

"화면을 켜 달란 건가?"

"그래, 맞아. 바로 그거야, 그거라고!"

저는 고개를 까닥거렸습니다. 명하가 춤출 때 하는 것처럼.

명익이가 화면을 켜고, 지하철 노선도 어플을 깔고, 거기서 당산역을 찾아 내도록 만드는 데 거의 한 시간이나 걸렸습니다. 목이 다 쉬었죠. 그래도 제가 서울을 한 번이라도 가 봐서 다행이에요. 당산역이라는 이름을 알고 있었으니까요. 한강 줄기를 따라 쭉 날면서 당산역에서 합정역 방향으로 이동하는 지하철을 본 적이 있기 때문에 기억을 하는 거지요. 안 그랬으면 비둘기들의 대화를 듣고도 '다… 단… 단 뭐?'라고 반응할 수밖에 없었을 거예요.

은희 씨는 휘둥그레진 눈으로 어느새 저와 명익이의 핸드폰을 번갈아 보고 있었습니다.

"엄마, 속는 셈 치고…… 장명하가 여기 있을 수도 있잖아."

명익이가 말했습니다.

"너는 학교 가야지 어느 세월에 서울까지 다녀와."

"그럼 걔를 계속 저렇게 내버려 둬?"

명익이가 말했습니다.

"집에 안 들어온 지 벌써 얼마나 오래야. 찾아서 붙들고 오지 않으면 평생 집에 안 들어올걸. 만약 서울에서 아예 안 내려오면 어떡할 거야? 충분히 그럴 가능성 있어, 걔는."

잠시 실랑이 끝에, 다음 날 명익이는 일단 학교에 등교하고, 은희 씨는 하루 병가를 쓰기로 했습니다. 병가가 아니면 교장이 허락하지 않는다고 해서 병원에도 다녀와야 하니 아주 바쁜 하루가 될 터였습니다.

"누가 보면 얼마나 비웃을까……."

은희 씨가 정신을 차린 듯 한숨을 쉬었습니다.

"겨우 새 한 마리한테 홀려서 서울까지 애 찾으러 간다고
하면."

"보통 새가 아니야. 뭔가 아는 게 분명해."

명익이가 말했습니다.

다음 날 새벽 첫차를 타고 주은희 씨는 서울로 올라갔지
요. 저는 이동장에라도 들어가 함께 가고 싶었지만 제 한몸
건사해야 하니 희망 사항으로만 남겨 두었습니다. 급하게
머리만 감고 코 한 번 팽 푼 후 명익이에게 인사도 없이 출
발한 은희 씨가 남겨 둔 집은 어둡고 고요했어요.

학교 갈 시간이 지났는데도 명익이의 방문은 열리지 않
았습니다. 은희 씨가 결석은 절대 안 된다고 해서 함께 가지
않은 건데, 학교를 안 가고 명익이는 대체 뭘 하고 있는 걸
까요. 문 앞으로 가까이 가서 난동을 부리고 싶었지만 어제
온 힘을 다 써서인지 발가락 하나 꿈쩍할 수가 없었습니다.
그래, 자기 삶이니까 알아서 하라지, 하는 마음까지 들었죠.
제가 명익이 엄마도 아니고, 할 만큼은 했다고 여기면서요.

오후 1시쯤이 되었을까요. 드디어 방문이 열렸습니다. 명
익이가 천천히 나와 제가 누운 소파 옆에 앉았습니다. 양반
다리를 하곤 노트북을 켰어요. 노트북 화면을 그렇게 가까

이서 보는 건 처음이라 잠이 확 달아났습니다. 볼 수 있을 때 눈에 샅샅이 담아 두어야지요.

명익이는 문서창 하나를 띄워 놓고는 한참 바라보았습니다. 그러다 검지만 세워서 톡, 톡, 천천히 키보드를 두드렸습니다.

이윽고 명익이가 쓴 두 글자를 보고 저는 기절하는 줄 알았죠.

이 자식이 진짜 보자 보자 하니까!

23

언니들은 영화제 공식 SNS를 비롯해 온갖 채널에 우리 공연을 홍보해 놓았다. 짧은 시간 내에 그런 일들을 가능하게 만들었다.

안무를 따로 맞춰 보고 연습할 기회가 없었기 때문에 공연은 배틀 형식으로 짰다. 마지막에 20초 정도 짧은 군무를 함께 출 계획이었는데, 우릴 위해 애써 준 언니들을 위해 언니들이 원하는 곡을 쓰기로 했다. 그 곡은 10년도 훨씬 더 됐는데 아는 애들도 있었다. 나는 처음 들었지만.

공연 시각은 저녁 6시였다. 우린 5시 30분까지 도착하면 된다고 언니들이 말했다.

"하루 만에 안무를 딸 수 있겠어?"

언니들이 걱정하자 지혜가 웃었다.

"언니들, 우리가 춤 하루 이틀 춰요?"

실제로 유스호스텔 주차장에서 30분 만에 모든 안무를 외울 수 있었다. 춤이 흐느적거리지 않고 시원시원해서 맘에 들었다. 노래도 희망차서 좋았고. 동선이 좀 복잡하긴 했는데 다들 정신을 바짝 차리고 있어서인지 빠릿빠릿하게 금방 외웠다.

주차장에서 함께 출 공통 안무를 마지막으로 맞춰 보고 있을 때였다. 아진이가 갑자기 눈을 찌푸리며 먼 곳을 응시하더니 손을 휘저었다.

"야, 야! 야!"

"뭐야, 야, 야만 하지 말고 말을 해."

계속 한 글자만 반복하는 아진이에게 누군가 투덜거렸다. 다른 애들은 무슨 일이 일어났나, 하고 아진이가 보는 쪽으로 고개를 돌렸다. 멀리 지나다니는 사람들의 형체만 어렴풋이 보일 뿐이었다.

아진이가 느디어 침을 꿀꺽 삼키더니 '야'가 아닌 다른 말을 외쳤다.

"장명하! 숨어! 은희 쌤이야!"

이건 말이 안 된다. '서울에서 김 서방 찾기'라는 말이 있는데. 어떻게 엄마가 나를 찾는단 말인가. 프라이버시를 무엇보다 중시하는 엄마가 핸드폰 위치 추적 같은 걸 했을 리가 없다. 아무리 딸이라고 해도 통신사에서 허락해 줄까? 그리고 위치 추적이 이렇게 하루아침에 이루어질 수 있나? 무엇보다 엄마가 지금 나타나서 방해를 하면 우리 공연은 제대로 될 수 있나?

우당탕 소리를 내며 나는 로비 쪽으로 급하게 숨었다. 하지만 애들은 이미 늦었다. 우리가 엄마 한 사람을 알아보는 건 어려웠지만, 한 사람이 열몇 명이나 되는 패거리를 포착하는 건 쉬웠으니까. 엄마는 유스호스텔 주차장을 향해 뛰었다. 로비에 웅크리고 숨어 있으려니 답답해 미칠 것 같았다. 아진이와 지혜의 뒤통수가 조금씩 움직이는 걸로 보아 뭐라 말하는 모양이었다. 엄마가 로비 쪽으로 움직이려 들때마다 엄마를 가로막았다.

"에휴, 저러면 로비에 장명하 있소, 라고 알려 주는 꼴이잖아."

나는 조용히 투덜거렸다. 그리고 시간이 길어지자 점점

초조해졌다.

"조금 있으면 출발해야 하는데……."

그럴 바엔 내가 나가는 게 낫다. 어차피 움직여야 한다면.

나는 유리문을 열고 뛰어나갔다. 엄마가 나를 보았다. 하지만 내 친구들이 더 빨랐다. 애들은 손을 잡고 나를 둥글게 에워쌌다.

이제야 대화가 들렸다. 그보다는 일방적인 아우성이라고 하는 게 정확하겠지만.

"명하 건드리지 말아요!"

"쌤 이제 절대 안 믿어!"

상황이 이렇지만 않았다면 제법 우스웠을 말도 있었다.

"우리랑 친한 척하지 마!"

그에 비해 엄마의 목소리는 작았다. 아마 엄마도 이쯤 되면 다 알았겠지. 애들이 어느 정도는 눈치 채고 있다는 사실을.

"엄마!"

내가 빽 소리를 질렀다. 그러자 애들이 입을 꾹 다물었다. 하지만 손을 놓지는 않았다. 오히려 나를 둘러싼 원이 더 단단해졌다.

나는 입을 열었다.

"나는 책임을 지려고 여기까지 왔어. 엄마도 그래서 왔을 거라고 믿어."

조금 약한 것 같아서 한 문장 추가.

"지금 멈춘다면 여기 있는 애들이랑 우리를 도와준 언니 들의 노력이 다 물거품이 돼."

아, 하나 더 말할까?

"그 사람들 전부 엄마를 남들과 똑같은 어른으로 기억할 거야."

투 머치 토커가 될까 봐 그만 말하기로 했다. 원이 꾸물꾸 물 움직였다. 이제 짐을 챙겨서 출발할 시간이었다.

짐을 챙겨 나왔을 때 엄마는 우리에게서 10미터쯤 떨어 져 졸졸졸 쫓아오기만 했다. 입을 꾹 다물고, 마치 모르는 사람처럼. 지하철을 같이 탔다. 우리는 1-1문에서 타고 엄 마는 1-3문에서. 거기서 나를 빤히 노려보았다. 남의 일이 었다면 이 장면이 되게 어이없고 우스웠을 텐데.

◇◇◇◇◇

우리가 공연할 곳은 바로 총장잔디였다. 언니들은 인스타와 유튜브 라이브 준비까지 마쳐 놓곤 우릴 기다리고 있었다. 리허설은 안 하기로 했다. 미리 보여 줘서 김새게 만들 필요는 없으니까.

걱정과 달리 총장잔디에는 사람들이 꽤 모였다. 언니들의 SNS를 염탐한 애들이, 팔로워 수를 보니 영향력 있는 언니들인 것 같다고 하더니 진짜인 모양이었다. 물론 유진이를 보러 온 인원이 훨씬 많았겠지만. 유진이는 결국 똥고집을 부려서 이겼다. 게릴라 공연을 공지하는 영화제 공식 인스타그램에 자신의 계정을 태그하도록 한 것이었다. 저기보이는 어른 중에서 연예기획사 캐스팅 담당자도 있지 않을까? 유진이, 혹시 그거 노린 거 아니야? 걸스힙합부 쪽에서 누군가 슬쩍 볼멘소리를 했다. 그러자 아진이가 말했다.

"유진이가 똑똑한 거지. 일석이조야. 우리는 좀 똑똑하게 세상 살면 어디가 덧나냐?"

"되지. 돼. 아주 몹시 완전 돼."

나는 큰 소리로 말했다. 그리고 조금 뒤 깨달았다. 그 애가 처음으로 '쟤'나 '걔' 혹은 '채유진'이 아니라 '유진이'라고 불렀다는 사실을.

음향 기기가 준비되었다. 서로 다른 종류의 긴장감이 동시에 엄습했다. 첫 번째는 팔다리를 팔랑팔랑 흔들며 제자리 뛰기를 하게 만드는 기분 좋은 긴장감. 다른 사람 앞에서 춤을 추기 전에 느끼곤 하는, 기대 섞인 박동과 조금 가빠지는 호흡. 아드레날린이 올라오고 어떻게 하면 가장 멋지게 보일지 이미지 트레이닝을 하게 만드는, 달고 시원한 감정이다.

나머지 하나는 생경한 것이었다. 춤과 춤 사이, 환호를 끝내고 더 큰 자극을 원하는 청중들 앞에서 기대와 전혀 다른 이야기를 해야 하는 공포 비슷한 것. 청중들은 그런 걸 원하지 않을 게 분명했다. 사람들은 저녁의 캠퍼스에서 자신의 하루를 잘 마무리해 줄 가벼운 즐거움을 원하지, 분노하거나 고민해야만 하는 문제를 떠안고 싶지는 않을 것이다. 골치 아파지고 싶지 않을 것이다. 막간에 우리가 숨이 차서 헐떡이며 항만중과 유진이의 이야기를 하면 사람들은 투덜대며 떠날지도 모른다. 못 들은 척할 수도. '춤만 보여 주면 충분할' 여자애들이 갑자기 마이크를 잡고 다른 이야기를 하기 시작한다면.

보지 않으려고 일부러 다른 쪽으로 고개를 돌려도 자꾸 엄마의 모습이 눈에 들어왔다. 엄마는 관객 사이에 섞여 있었다. 너무 익숙한 두 눈, 내가 한때 너무나 아꼈고 사랑했고 닮고 싶었던 그 두 눈이 나를 계속 바라보았다. 어쩔 수 없이 힐끗힐끗 시야의 구석에 들어오는 엄마의 얼굴에 가슴을 찔렸다. 지금 저 표정은 나를 원망한다는 뜻일까?

유진이는 중얼중얼, 배우가 대사 연습하듯 지혜가 써 준 글을 읊조리는 중이었다.

"1분 남았어!"

스태프 언니가 소리쳤다. 무대 의상으로 갈아입은 우리는 손을 모았다. 원래는 양쪽 동아리가 파이팅 방법이 서로 달랐기 때문에 따로 하려다가 그냥 '파이팅'만 외치기로 하고 한 무리로 합쳤다. 이 무대에서는 각 동아리의 전통적인 파이팅 방법이 무엇이냐가 중요한 게 아니니까.

"하나, 둘, 셋!"

"파이팅!"

우리가 함께 뒷일 하나 생각하지 않고 자발적으로 여기까지 왔다는 게 중요하니. 우린 누군가를 위한 마음과, 어떤 비논리를 향한 분노로 뭉친 무리니까.

무엇보다 우리가 항문중 역사에 길이 남을 집단 무단 결석을 이루어 낸 것은 아무리 겸손하려 해도 솔직히…… 진짜 멋있으니까. 미래를 건 거잖아.

23

뒤뚱뒤뚱, 날개를 질질 끌고 걸어갔습니다. 부리로는 시끄럽게 짹짹거리는 소리를 연신 뱉었죠. 옆에서 요란한 기척이 나자 한 문장도 적지 못한 명익이가 제 쪽을 돌아보았습니다.

"뭐야. 왜 이러지?"

명익이가 중얼거리며 서둘러 노트북을 바닥에 내려놓고 저를 안으려 들었습니다.

"또 할 말이 있니?"

나이스! 명익이 다리 위에 노트북이 있었다면 쉽게 그 위로 오를 수 없었겠지만 바닥에 내려놓았으니 일이 훨씬 쉬워졌죠. 저는 심호흡을 하고는 그대로 노트북 자판을 향해

몸을 던졌습니다. 이얍! 아픈 날개 쪽으로 떨어지지 않도록
회전을 조금 주었지요. 제가 말했잖아요, 물리 잘한다고요.
무사히 두 다리로 착지할 수 있었습니다. 제 두 발이 노트북
자판을 누르는 느낌이 났습니다. 왼쪽 발은 자판 사이에 착
지했는데 오른쪽 발이 키 하나를 누르는 바람에 화면에는
ㅗ가 수없이 찍히기 시작했지요. 의도한 건 아니었는데.

그래서 화면에 뜬 문서는 이런 내용이 되는 중이었습
니다.

```
                    유 서

이 비루하고 남루하던 생애르로ㅗㅗㅗㅗㅗㅗㅗㅗㅗㅗㅗ
ㅗㅗㅗㅗㅗㅗㅗㅗㅗㅗㅗㅗㅗㅗㅗㅗㅗㅗㅗㅗㅗㅗㅗ
ㅗㅗㅗㅗㅗㅗㅗㅗㅗㅗㅗㅗㅗㅗㅗㅗㅗㅗㅗㅗㅗㅗㅗ
ㅗㅗㅗㅗㅗㅗㅗㅗㅗㅗㅗㅗㅗㅗㅗㅗㅗㅗㅗ
```

나쁜 놈! 저는 아랫배에 힘을 주었습니다. 명익이에게 벌
써 두 번째 테러였지만 이젠 미안하지 않습니다. 먹은 게 많
지 않아서인지 뭔가 나오지 않아 머리가 핑 돌도록 숨을 참
고 온 에너지를 배에 집중했죠. 그리고 명익이의 두 손이 서

둘러 저를 집어 든 순간.

경축! 쾌변!

명익이의 손과 노트북 자판에 자발적 실례를 하고 말았습니다. 으아, 하고 명익이가 뱉는 신음 소리가 들렸죠. 노트북을 힐끗 봤더니 키 네다섯 개쯤은 충분히 망가뜨린 것 같아 보였습니다.

그러거나 말거나 저는 온 힘을 다해 명익이를 째려보았습니다. 눈빛에 진짜 날이 서 있었다면 몇 번을 찌르고도 남았을 거예요. 유서라니. 본인 잘못은 본인이 책임져야죠. 남들 앞에서 그렇게 불쌍한 척을 해 놓고 이렇게 하겠다고요? 이건 무슨 경우죠? 물론 명익이가 진짜로 실행에 옮길 수 있을 거라곤 믿지 않지만 저런 생각을 하는 것만으로도 괘씸했습니다.

게다가 여자 친구는요? 공개 연애하던 남자 친구가 그렇게 되면 여자 친구의 삶은 어떻게 되는데요? 저럴 거면 먼저 헤어지기라도 하고 쓰든가요! 저게 1년이나 더 밥을 많이 먹은 연상의 남자 친구로서 할 행동인가요?

"내 노트북…… 이제 무상 AS도 안 되는데……."

저것 봐요, 저거. 방금 전까진 유서 운운했으면서 AS가 무료든 천만 원이든 무슨 상관이랍니까? 저토록 이 세상에

미련 하나 못 버릴 거면서.

명익이는 한숨을 쉬더니 손을 닦곤 물티슈로 제 깃털을 훔쳐 주었지요. 그러고는 키보드를 문지르며 조금 질질 짰습니다.

그때 명익이의 핸드폰이 울렸어요.

"여보세요."

명익이는 키보드를 닦느라 손이 부족했는지 핸드폰을 스피커 모드로 하고 바닥에 놓은 채 전화를 받았지요. 스피커폰 너머에서 남자아이들 몇 명이 아우성치는 소리가 들렸습니다. 그리고 한 남자아이가 낄낄대더니 갑자기 천만 관객 영화에 나오는 조직폭력배처럼 목소리를 낮게 깔며 말했죠.

"야, 장명하가 여자애들 꼬셔다가 뭐 하는지 아냐? 링크 보냈다, 새끼야. 틀고 봐라. 역시 페미 국어 딸이야. 그리고 우리 꼰지르면 뒈진다."

명익이의 얼굴이 하얗게 질리는 걸 보면서 저는 어기적 어기적 핸드폰으로 다가갔습니다. 발로 세게 '녹음'을 눌렀습니다. 명익이와 저의 눈이 마주쳤습니다. 명익이가 눈알이 쏟아질 것처럼 휘둥그레 눈을 뜨길래 저는 엉뚱하고 조금은 기괴한 생각을 잠깐 했어요. 명익이의 두 눈이 빠져 대

구루루 거실 바닥을 구르는 장면을 상상한 거죠. 그게 명익이의 잘못에 대한 벌이 될 수 있을까요? 명익이가 그 정도 벌을 받는다면 자유롭고 또 당당해질 수 있을까요? 혹은 저 수화기 너머의 나쁜 친구…… 아니, 나쁜 놈들을 어른에게 '꼰지를' 수 있는 권한을 부여받을까요?

상대방은 욕설을 계속 퍼부었습니다. 명익이는 일부러 답답한 속도로 천천히 대답하면서 더 많은 폭언을 끌어내려는 듯 굴었죠. 그 더럽고 날카로운 말들에 마음이 갈기갈기 찢길 게 분명했지만, 그래서 전화를 당장 끊고 싶어 하는 것처럼 보이기도 했지만, 그리고 그게 명익이의 평소 성격을 생각한다면 더 어울리는 행동이긴 했지만, 명익이는 저 때문에 최선을 다하는 모양이었습니다. 발을 내밀어 '녹음'을 눌러 준 제가 두 눈을 시퍼렇게 뜨고 보고 있으니 말이에요.

그 끔찍한 말들을 명익이와 함께 들었습니다. 해가 빠르게 지면서 눅눅한 거실 바닥으로 밀도 높은 어둠이 내려앉았어요. 명익이의 무릎에, 제 발목에, 움직일 때마다 물방울을 튀길 것 같은 슬픔이 고였습니다. 명익이는 상대 아이가 제풀에 지쳐 전화를 끊을 때까지 기다렸죠. 저는 제가 사랑했던 인간들이, 한 번씩 휘두를 때마다 타인과 자신에게 모두 상처를 내는, 손잡이는 없고 칼날만 사방에 박힌 무서운 흉기를 지니고 있다는 진실을 천천히 곱씹었습니다.

"무슨 일이 일어나고 있는지 보긴 해야겠지."

짧은 침묵 이후 퍼뜩 정신을 차린 듯 명익이가 유튜브를 켰습니다.

곧 익숙한 음악과 함께 많은 사람들의 뒤통수가 화면 하단을 채웠습니다. 화면 중간부터 상단까지는 카메라를 정면으로 향한 여럿이 춤을 추고 있었지요. 제게도 익숙한 아이들이었습니다.

24

———

　흔들다리 효과라는 게 있다고 그랬다. 흔들다리를 건넌 직후 처음 보는 타인과 마주하면 그 사람에 대한 호감도가 상승한다나? 불안한 다리를 건너는 긴장으로 쿵쿵 뛰는 심장 박동과 사람에 대한 호감으로 두근거리는 심장 박동을 뇌가 구별하지 못하고 착각하기 때문이란다. 흔들다리는커녕 롤러코스터를 타도 비명 한 번 안 지르는 나에겐 통하지 않을 것 같긴 하지만.

　어쨌든, 그래서 우리는 방금 춤을 끝낸 멤버들이 헐떡거리며 마이크를 잡기로 했다. 비슷한 논리에서다. 우리의 차오르는 숨과 불규칙한 호흡, 상기된 얼굴을 본 청중들은 우리의 사연에서 느끼는 분노와 무언가 행동하고 싶은 충동을 연결할 수 있을 테니까. 그 작전은 적중했다. 땀이 눈에 들어가서 눈을 비비고 코를 훌쩍거리니 언니들이 "울지 마!" 라고 소리 질렀다. 울 정도로 약한 애들이 아님에도 불구하고. 근데 나 혼자 쪽팔리게 그 말을 듣고 진짜 울어 버렸다. 유진이도 안 우는데 내가 울었다. 청중에 섞여 있는 엄마를 똑바로 쳐다보면서 마이크를 잡고 엉엉 울었다.

우리는 팀당 세 곡씩 순서를 번갈아 췄다. 곡이 바뀔 때 잠시 춤을 멈추고 마이크를 들어 하고 싶은 말을 했다. 피해자 A의 사정, 항문중에 교칙이 없는 이유를 비롯해 슬픈 것, 억울한 것, 바라는 것 모두 이야기했다. 프린트한 대본이 땀에 젖어 잉크가 번졌다. 그래서 구겨 버리고는 하고 싶은 대로 이야기했다. 언니들이 박수를 자주 쳐 준 덕에 중간중간 숨을 고르고 할 말을 정리할 수 있었다. 청중 뒤에서 키 큰 스태프 언니가 손을 치켜들고 약속대로 라이브 방송 시청자가 몇 명인지 수신호를 했다. 7. 일곱 명인지, 일흔 명인지는 알 수 없었다.

마지막 곡은 언니들이 우리에게 함께 춰 줬으면 좋겠다고 신청한 노래였다. 전주가 나오자마자 언니들이 함성을 질렀다. 솔직히 말하자면 지금까지와는 차원이 다른 데시벨이었다. 잘 모르지만 언니들이 어렸을 때 유행했던 노래가 아닐까 짐작할 뿐이었다. 노래도 안무도 엄청 좋았다. 이번엔 시간이 없어서 첫 후렴구까지밖에 준비하지 못했지만 나중엔 완곡을 커버하고 싶을 정도로.

놀랍게도 언니들은 끝내고 싶지 않은 모양이었다. 우리는 마무리하려 했는데 떼창이 계속됐다. 심지어 앞줄의 언니들 몇 명은 안무를 다 꿰고 있는지, 벌떡 일어나 춤을 추었다.

"얼마나 히트했길래 저렇게 다 알아?"

우리 부원 중 누군가 혼잣말을 했다.

널 생각만 해도 난 강해져 울지 않게 나를 도와줘
이 순간의 느낌 함께하는 거야 다시 만난 우리의

많은 사람의 목소리를 통해 들으니 진짜 좋았다.

"우리 돌아가서 저 노래 끝까지 커버할래?"

아진이의 물음에 내가 고개를 끄덕였다.

"그리고 코노 가서도 부를래. 아 코노 땡긴다."

◇◇◇◇◇

공연을 마치고, 언니들이 빌려 준 강의실에 들어가 숨을 골랐다. 대학 강의실은 처음이라 엄청 떨렸는데 들어가 보니 그냥 교실이어서 좀 실망했다.

언니들이 신호로 보낸 7은 알고 보니 700명이었다. 700명! 미쳤다! 우린 신나서 난리가 났는데 곧 엄청난 소음에 묻히고 말았다. 책상에 올려놓은 핸드폰 진동 소리로 강의실이 소란스러워졌기 때문이다. 모두 담임들의 전화였다.

어떤 애들은 겁을 먹거나 혹은 짜증이 나서 전화를 받지 않았다. 간 큰 애들은 받기도 했다. 어떤 담임은 혼을 냈고 어떤 담임은 달랬다. 어조가 어떻든 메시지는 하나였다. 우리가 잘못을 저질렀으며, 학교의 이름에 먹칠을 했기 때문에 강력한 징계를 받게 될 거라는 결론.

유진이는 담임의 전화를 받지 않았다. 그러나 모르는 번호로 온 전화는 일단 받았다. '누구야?' 라고 우리가 묻자 핸드폰을 손으로 막고 소곤거렸다.

"쌩초."

"헐."

유진이는 스피커폰 모드를 켰다.

"유진아."

쌩초가 인자한 척하는 느끼한 목소리로 유진이를 불렀

다. 아진이가 토하는 시늉을 했다.

"유진아, 교장 선생님이 너무 미안하다고 꼭 전해 달라 하시는데. 학교가 숨기려고 숨긴 게 아니고, 아무래도 이런 일이 처음이다 보니까 경황이 없어서 일처리가 조금 느려진 거지……."

"처음이라고요?"

"그럼. 전에는 이런 일이 전혀 없었으니까 학교가 준비를 못 한 거지. 애들이 워낙 착해서 사고를 못 치니까 학교 입장에선 우리 학생들을 믿어서……."

"애들이 착하긴 개뿔."

"믿어서 그런 거야, 유진아. 교장 선생님도, 쌤도 학생들을 믿어서. 그게 오해를 사서 슬프구나. 너희 다 오해하고 있는 거야. 정말 강력한 벌을 주려고 했어."

"장명익한테요?"

"응, 만약 사실로 밝혀진다면……."

"사실이라고요!"

"그러니까 확실한 증거가 나온다면……."

유진이는 전화를 집어던졌다. 깜짝 놀랐다. 진짜 비싼 아이폰인데. 제 분에 못 이겨 던지곤 본인도 아차 싶었는지 비명을 꽥 질렀다. 그런데 폰이 날아간 쪽에 앉아 있던 언니가 틱, 잡아 내서 모두 깜짝 놀랐다. 프로 야구 선수를 해야 하는데 대학으로 잘못 온 거 아니야? 라고 누군가 말하자 옆에서 아진이가 중얼거렸다.

"여자 프로 야구가 없으니까 대학을 왔겠지."

유진이는 아이폰을 건네받았다. 언니들이 어이없다며 헛웃음을 지었다.

"저 사람, 그 선생이니?"

물음에 우리가 일제히 네, 하고 대답했다. 가해자 담임이라고 했더니 언니들은 더 화를 냈다. 누군가는 말했다.

"저 사람도 교장 앵무새겠지."

이번엔 내 전화가 울렸다. 모르는 번호였는데 유진이가 보더니 "쌩초는 아니야."라고 확인해 줬다.

교장이었다. 나는 스피커폰 모드를 켰다.

"혼자니? 조용히 둘이서만 통화 좀 하고 싶은데."

교장이 물었다. 이럴 땐 조금 거짓말을 해도 되지 않을까? 나는 네, 하고 대답했다. 애들이 모두 숨을 죽였다. 하지만 그럴 필요가 없어졌다. 교장이 미친 사람처럼 소리를 지르기 시작했으니까. 우리가 떠들었어도 그의 귀엔 들리지 않았을 것이다.

정신을 차리고 나니 나는 울고 있었다. 너무 수치스러워서 눈물이 흐르는 줄도 모르고 있었다. 언니들이 휴지를 가져다줬다. 코를 팽 풀었다.

그 사람이 뭐라고 했더라. 너희 가족 때문에 몇십 년 전통의 항만중학교가 똥통 학교로 불리게 생겼다고. 셋 다 개념을 밥 말아 먹은 싸가지들이라고. 장명익도, 나도, 그리고 책임감 없이 애를 둘이나 낳아 잘못 키운 엄마도. 교사씩이나 되어서 이혼이나 하고도 뻔뻔하게 교단에 계속 서는 여자를 불쌍해서 쫓아내지 않고 내버려 둔 게 잘못이라고 그랬다. 뒤에서 학부모들이 수군거려도 창피한 줄 모르는 여자라고. 그 엄마에 그 딸이라고도 했다. 이사장 볼 면목이 없다고, 왜 하필 자신이 교장을 할 때 이런 사고를 쳤는지 물었다. 자기에게 원수진 일이 있느냐고도.

"미친 새끼."

어떤 언니가 말하는 바람에 퍼뜩 정신이 돌아왔다. 무서워졌다. 이 강의실의 모두가 엄마의 이혼 사실을 알게 되었고, 선생을 자르는 건 아주 힘들기 때문에 학교에서 잘리진 않을 테지만 엄마는 직장에서 왕따가 될 것이다. 항만중학교 개교 이래 이만큼 배은망덕한 인간은 없었다고 교장이 말했던 것처럼 정말로 큰일을 경솔하게 저지른 것 같아 두

려웠다.

"하나도 안 무섭네."

갑자기 지혜가 말했다.

"웃겨 죽겠네. 은희 쌤 정도면 대치동 가서 일타 강사 하고 자소서 첨삭만 해도 떼돈 벌 텐데 교장 따위가 분수도 모르고."

"맞아, 맞아. 은희 쌤이 저런 말을 왜 들어야 돼?"

애들이 맞장구를 쳤다. 엄마에게도 큰 잘못이 있다는 걸 아는 애들이, 그래도 엄마 편을 들었다.

"근데 은희 쌤 아까 우리 공연 다 보시지 않았어? 은희 쌤 어디 가셨지?"

유진이가 갑자기 생각난 듯 물었다.

"그러게, 맞아! 마지막 곡 출 때까지 계셨는데, 앵콜 하고 인사할 땐 안 계셨어. 어디 갔지?"

애들이 소란스럽게 떠들었다. 그렇게 큰 목소리로 왁자지껄 외쳐 주는 게 고마웠나. 안 그랬으면 내 아랫배가 꾸르륵거리는 소리를 모두 들었을 텐데. 엄청 창피했을 텐데. 교장과 통화를 한 이후 계속해서 난리였다. 이건 100퍼센트 물똥이었다. 한 10분만 있으면 배가 미친 듯 아플 게 빤했다.

그래도 10분은 걸릴 줄 알았는데…….

1분 만에 눈앞이 노래졌다.

'오, 씨. 깜짝 놀랐네.'

시끄러운 학부생들 다 빠지고, 화장실에서 나를 봐도 놀라지 못할 정도로 지친 대학원생들만 남아 있을 시간이라 맘 놓고 나왔더니 세상에 이게 뭔 일인지. 여자 둘이서 꼿꼿하게 서서 주먹을 꼭 쥐고 있다. 그런데 이상하다. 일단 왼쪽은 여기서 있기엔 조금 앳된 것 같고, 오른쪽은…… 음, 유행 따라가려고 애를 쓰긴 했는데 조금 어색하고 나이 들어 보인다. 대학원생인가?

"왜 엄마가 여기까지 따라와서 있는 거야."

엄마라고?

"미안해. 아니, 안 미안해. 어쨌든 장명익이 잘못한 건 맞잖아. 엄마가 엄마답지 않은 행동을 보여 준 것도 맞잖아.
엄마가 나 때문에 학교에서 잘릴까? 몰라. 어쨌든 나는 안
미안해할래. 나는 잘못한 게 없고 유진이 다음으로 상처받
은 사람은 나인 것 같거든. 내가 미안해하면 안 돼. 난 당
당해."

무슨 일이 있었는지 모르지만 제법 흥미진진한데?

"장명익이 왜 그랬는지 몰라. 엄마가 평소에 한 말대로라
면 그런 식으로 묻으려 하지 말았어야 한다는 건 알아. 엄마
가 가끔 그런 말하지? 너도 배 아파 자식 낳아 보라고, 하루
에 세 시간도 못 자면서 신생아 뒤치다꺼리해 보라고, 그러
면 엄마 맘을 이해할 수 있을 거라고 말이야."

더 잘 듣기 위해서 슬금슬금 그쪽으로 기었다. 두 사람은
바닥에 납작 엎드린 나를 볼 여유라곤 전혀 없는 것 같았다.

"근데 엄마, 그거 아니야. 뒤집어 생각해 볼까? 당해 보지
않았으면 논하지 말라는 거, 유진이도 충분히 엄마한테 할
수 있는 말이야. 어떤 잘못도 하지 않았는데 걔는 그냥, 자
기 사진을 SNS에 자주 올린단 이유로, 예쁘단 이유로 쓰레
기 같은 말을 들어야 했잖아. 엄마가 만약 유진이라면 어떨
것 같아? 가해자가 사과한다는데 좀 받아 주지 너는 쪼잔하
게, 같은 말들을 어른들에게 들으면 어떨 것 같아? 실제로

쌩초한테 들었다는데."

"명하야."

"뭐."

"배 아프잖아."

"어?"

"얼른 똥 누고 와. 엄마 나가 있을게."

"무슨 이런 분위기에!"

"엄마, 기다리면서 생각 좀 정리하게. 다 되면 불러. 다시 들어갈게."

소리를 듣자 하니 안으로 들어간 딸은 시원하게 쏟아 내는 듯했다. 엄마라는 사람이 다시 들어오니까 별 쾌감 없던 척 담백하게 구는 게 조금 우스웠지만.

"엄마가 학교에서 쫓겨나면 우리 다 먹여 살릴 수는 없겠지. 내가 독립할게. 사실 따지고 보면 나 때문에 잘린 것일 테니까. 애들이 엄마 인강 하면 다 들을 거래. 엄마만큼 잘 가르치는 강사 없대. 그러니까……."

"미안해."

"뭐?"

나는 놀라서 몸을 꼿꼿이 세웠다. 이 동네에 서식한 후 한 번도 손윗사람이 사과하는 걸 본 적이 없었다.

"미안해. 엄마가 잘못 판단해서."

나는 1년가량을 살고 스러지는 안개 같은 존재다. 짧은 생애에서 이렇게 첨예한 현장을 마주하는 게 나쁠 건 없지, 자극적이니까. 무슨 사정인지는 아직도 잘 모르겠지만⋯⋯.

"나 때문에 직장이 없어져도 잘했다 할 거야?"

"으으⋯⋯."

"아닌가 보네. 당연히 예상은 했지만."

나이 든 여자는 아무렇지 않은 척하는 것 같았다. 그렇지만 내가 바본가? 짬이 얼만데. 화장실 같은 곳에서 살다 보면 온갖 더러운 것을 다 보기 때문에 그만큼 통찰력이 깊어진다고.

여자는 다시 말했다.

"어렵고 힘들고 슬퍼질 용기를 낼게."

"갑자기 착한 척이야?"

"엄마도 뉘우칠 수 있는 사람이야."

"그 말 지켜."

"엄마가 안 지키면 그때는 정말 떠나도 좋아."

둘은 양팔을 들고 껴안으려 서로에게 가까이 향했다. 오! 이 얼마만에 보는 훈훈한 광경인지. 잘 구경하고 싶어서 좀 더 가까이 갔다.

"으아아아악!"

"왜?"

"곱등이야!"

"뜨아아아아악!"

아, 내 정체성을 깜박했네. 분위기 망쳐서 미안해요들.

+ + + + +

언니들은 우리를 고깃집에 데려가 고기를 주문해 주고 사라졌다. 우리와 함께 놀고 싶지만 언니들이 있으면 어색할 테고, 더 오래 산 사람들이 그런 낌새를 살피고 챙기는 게 예의라고도 했다. 한마디로 말해, 자기들은 '낄끼빠빠'가 잘 되는 진짜 어른이란 거였다. 맞다. 언니들은 다르다. 언니들이 너무 좋다. 게다가 고기를 2인분씩 시켜 줘서 더 좋았다.

식당의 냄새와 연기, 그리고 수번 테이블에서 흘러나오는 왁자지껄한 소음 덕에 우리는 하지 못했던 말들을 술술 뱉을 수 있었다. 진지하고 조용한 자리였다면 하지 못했을 말들에 기름기를 입히니 꾸물렁꾸물렁 다 흘러나왔다. 주제는 아주 많았다. 집에 가면 어떻게 부모님의 호통을 견딜 건지(아진, 내 방으로 피신 와!),

SNS에서 우리 무대에 대한 반응은 어떤지(걸스힙합부 애들: 헐 유튜버 JJ가 댓글 달았어!), 은희 쌤은 혼자 저녁으로 뭘 드실지(명하: 샐러드 먹으러 갔대. 우리 엄마 저녁 한정 비건이거든) 기타 등등.

나는 요가실을 받았어도 왜 운동장에 나가 연습을 하는지에 대해서 이야기했다. 그걸 이제야 비로소 말할 수 있었다. 전부터 말하고 싶었는데 나를 싫어하니까 걸스힙합부 애들한테 말을 붙이기가 힘들었다고 솔직하게 털어놓았다. 애들은 아니라고, 안 싫어한다고 소리를 질렀다. 혹 그게 진심이 아니라 하더라도 그렇게 소리 질러 주는 것이 고마웠다. 표현을 해 주는 것 자체가.

애들이랑은 천천히 조금씩 이야기를 할 수 있을 것 같다. 하루하루 나눈 이야기가 쌓이면 학교를 졸업할 즈음엔 우린 좋은 친구가 될 수 있겠지. 이번 공연을 함께한 아이들 중 친해지지 못할 아이들도 있겠지만, 그래도 지금 이 순간 여기 있었다는 건 못 잊겠지.

명하는 내 얼굴을 보고 직접 말했다. 나를 오해하고, 싫어한 게 사실이고 그게 부끄럽다고 했다. 솔직하게 말해야 자기 마음이 편해질 것 같다고 했다. 그리고 덧붙였다. 자신이 나를 오해했다고 말하는 것 자체가 내게 상처를 줄까 봐 겁난다고.

그래서 나는 괜찮다고 했다.

정확히 말하자면 괜찮아졌다고 표현해야겠지만 삶의 무언

가가 더 나빠지지 않고 괜찮아질 수 있다는 걸 배운 것만으로도 나는 좋았다.

저는 일련의 일을 몇 번이고 곱씹었습니다. 처음엔 걱정하고 이런저런 조언을 해 주던 모든 친구들이, 곧 넌더리를 내며 저를 슬슬 피해 다닐 정도였죠. 나중엔 저도 조금 지쳤어요. 머리가 터질 것 같고요.

항만중학교 일이 여기저기서 기사화됐습니다. 교장의 폭언을 담은 녹취록까지 공개되었어요. 서울처럼 학교가 많은 도시에서는 이런 일이 슬그머니 덮어지기도 하는 모양이지만, 이 작은 도시에 하나밖에 없는 중학교가 그런 추문에 휩싸였으니 항만시 전체가 발칵 뒤집힐 수밖에 없었죠. 그러자 학부모들이 움직였습니다. 특히 여자 반 학부모들이 단체로 행동을 했죠. 항만중학교에서 시작해 교육청까지 행진을 하고 그 앞에서 시위를 한 겁니다. 순서를 정해 돌아가며 1인 시위를 이어 가더군요.

"아마 기사화 안 됐으면 우리만 혼나고 넘어갔을걸? 기사 나오고 전국적으로 욕먹으니까 그러는 거지. 자식들이 거기 나왔다는 사실이 부모로서 쪽팔릴 거니까 뭐라도 해 보려 하는 거야."

아진이네 옥상에서 유진이가 볼멘소리로 종알거렸습니다. 애들은 이제 아진이네 옥상에서 자주 모이죠. 집주인 할머니에게 환심을 사는 데 성공했거든요. 그 할머니, 굉장히 외로우신 분이거든요. 장성해 떠나간 자식들은 돈 필요할 때 말고는 연락을 안 하고, 다른 할아버지, 할머니 들은 타지에서 온 건물주라고 시기해서 잘 끼워 주지 않고. 그런데 아이들이 바글바글 모여서 할머니 이거 드셔 보세요, 이것도요, 하면서 난생처음 보는 디저트를 살갑게 들이대니 넘어가지 않을 도리가 없지요.

"할머니 막걸리 그만 드시라니까 찬 말 안 들으셔!"

유진이가 가장 걱정을 많이 하죠.

턱끈펭귄은 요새 아주 신이 났습니다.

"진짜 재밌는 거 알려 줄까?"

개가 근래에 가장 자주 하는 말입니다. 남 얘기 늘어놓기 좋아하고 지루한 삶을 싫어하는 턱끈펭귄이니, 항만시에 난리가 난 지금이 얼마나 행복하겠어요. 그런데 저도 싫지만은 않은 게, 아직 오래 날지 못하는 저 대신 턱끈펭귄이 이런저런 소식을 주워 오거든요.

"야! 오늘의 뉴스."

"뭔데?"

"항만시에 중학교 새로 만들 거래."

"뭐? 애들도 없는데?"

"역시 학부모 파워야."

턱끈펭귄이 킥킥 웃었습니다.

"이번 시위에 초등학교 학부모들까지 끼어들었어. 애들 항만중 안 보내고 다른 지역으로 유학 보낼 거라고 그러지 뭐냐. 처음엔 항만중 교장, 교감만 바꾼다고 했거든. 그런데 학부모들이 나머지 사람들이 바뀌지 않으면 똑같다고, 눈 가리고 아웅 아니냐면서 물러서질 않는 거야. 시장이랑 교육감이랑 펄쩍펄쩍 뛰고 난리 났다. 그래도 부모들은 수단과 방법을 가리지 않고 학교 하나 만들어 낼 거라는데."

"그게 될까?"

"될지 안 될지는 모르지. 어쨌든 인간들이 매운맛을 보고 있지 않냐? 어후, 신나. 구경만 해도 하루가 쏜살같이 지나 가네."

그러더니 제게 물었습니다.

"그 집 식구들은 어때? 아주 그냥 죽을 맛이겠다, 특히 그 엄마랑 아들내미. 그치?"

턱끈펭귄은 꼴좋다는 듯 시시댔습니다.

그러게요…….

명익이는 학교에 나가지 않고 있습니다. 이대로 간다면 출석 일수 부족으로 유급을 당하게 될 겁니다. 3학년을 한 해 더 다녀야 하겠지요. 의외의 사실은, 이 유급이 은희 씨 와 함께한 결정이라는 겁니다.

은희 씨는 녹음된 통화 내용을 다 들었습니다. 전화를 건 사람이 명익이에게 퍼부은 폭언 말이에요. 그 사람이 누군 지 명익이가 입을 꾹 다물고 절대 이야기하지 않았기 때문 에 벌을 줄 수는 없었지만 적어도 그 애들로부터 명익이를 보호해야 한다는 생각을 은희 씨가 하게 될 모양입니다. 더 불어 같은 곳에 있었어도 그 일들을 전혀 알지 못했다는 자 책감까지 더해서요.

명익이는 벌도 받아야 했습니다. 당연하죠. 유진이에게 명백한 잘못을 저질렀으니까요. 교칙이 없으니 공식적인 처벌을 받을 길은 전무했는데⋯⋯. 그래서 차선으로 학교를 가지 않게 된 겁니다. 자체 정학이라고 보면 될까요.

명익이는 유진이에게 사과를 했습니다. 유진이가 직접 주은희 씨의 집으로 왔거든요. 명하가 극구 말리며 다른 장소로 잡겠다고 했지만 유진이가 고집을 부렸다고 합니다. 자기 집 거실에서 사과를 하면 명익이는 집에 머무는 시간 내내 그 장면을 잊지 못할 거라고요. 자기가 원하는 것은 그 하나라고 하더라고요. 유진이는 명익이가 자신의 잘못을 잊지 않고, 다시는 반복하지 않는 것을 원한다고 했어요.

명익이는 조금 울었습니다. 잘못한 놈이 질질 짜는 건 얼마나 보기 싫은지 모르겠습니다. 유진이는 한마디도 하지 않고 팔짱을 꼈죠. 유진이는 명익이가 쓴 메시지들을 직접 입 밖으로 소리 내어 읽을 것을 요구했습니다. 주은희 씨와 명하 그리고 유진이의 어머니 앞에서 말이죠.

그 내용들을 소리 내어 읽었을 때 얼마나 끔찍하게 들릴지 유진이는 알았던 겁니다. 키보드로 칠 땐 아무렇지 않던 글자들이 실은 얼마나 날카로운지에 대해서요. 명익이는 몹시 수치스러워했습니다.

"미안해. 내가 너한테 너무 심한 잘못을 했어."

유진이는 팔짱을 풀더니 조용히 말했죠.

"나는 그 말 한마디를 듣고 싶었던 거야. 딱 그 말을. 절대 잊어버리지 마."

그날 유진이의 엄마와 주은희 씨는 과자 봉지를 뜯어 펼쳐 놓곤 함께 먹으며 밤을 샜습니다. 그리고 저는 알고 있었습니다. 명하도 유진이도 그리고 명익이도, 안 그런 척 방에 들어가 있지만 밖에서 엄마들이 하는 말을 다 듣고 있다는 사실을요. 그 이야길 들으면서 애들의 마음은 반 뼘쯤 자랐을지도 모릅니다.

눈이 퉁퉁 부은 엄마와 함께 집으로 돌아가려 신발을 신던 유진이는 주은희 씨에게 말했습니다. 분명 선생들의 탄압과 일부 남학생들의 괴롭힘이 있을 테니 어떻게든 자기들을, 서울에서 함께 춤추던 그 무리 모두를 보호해 달라고요. 그게 보상이라고요.

"어차피 나는 왕따가 될 테니까."

은희 씨가 조금 슬픈 목소리로 대답했지요.

"그래, 왕따가 된다면 너희랑 같이 가는 왕따가 될게."

유진이가 돌아간 후, 기진맥진한 은희 씨가 코를 골며 자던 밤, 명하는 명익이의 방에 들어갔습니다. 둘이서 무슨 이야길 했는지 잘 모르겠어요. 귀를 쫑긋 세웠지만 엄마를 깨울까 소곤소곤 소리를 죽여 이야기하는 남매의 대화가 들리지 않았습니다. 다만 둘은 몇 번씩이나 조용히 문을 열고 나와 화장실에 가서 코를 풀곤 했죠. 나중엔 명하가 아예 두루마리 휴지를 가지고 들어가더라고요.

◇◇◇◇◇◇

여론이 안 좋아지자 항만중학교 교장은 명익이더러 유진이에게 공식적으로 사과하라고 말했습니다. 그 장면을 기사화해 무마하려는 속셈이었죠. 명익이가 자신의 집에서 유진이에게 사과한 지 무려 2주 넘게 지나고 나서야 미적대며 조치를 취한 겁니다. 그러자 유진이는 턱을 치켜들고 따졌다죠.

"명익이에게는 진즉에 사과를 받았어요. 저는 이제 학교한테 사과를 받고 싶은데요. 저뿐 아니라 학생 모두에게 사과하세요. 재학생, 졸업생 할 것 없이 다. 학교 폭력 은폐하려고 했던 지난 세월에 대해서요."

방금 전까지만 하더라도 인자한 척하던 교장이, 가면을

벗곤 예의를 밥 말아 먹은 애라고 펄펄 뛰었답니다. 싸움은
당분간 지속되겠죠.

◇◇◇◇◇◇

누구에게도 완벽한 해피엔딩은 없었습니다(아, 잔뜩 신난
턱끈펭귄은 예외일까요). 다들 조금씩 상처 받았어요. 잘못이 있
는 사람도, 잘못이 하나도 없는 사람도. 세상만사가 완벽히
정당하게 돌아가는 세상은 결코 아닌 거죠.

그렇지만 아이들은 무단 결석의 기록과 함께 친구들을
얻었습니다. 굳이 너까지 끼어들어야만 했느냐며 부모님께
혼난 아이들이 많았지만, 함께 옥상에 모여서 그 분을 실컷
풀어내곤 까르르 웃으며 뭔가를 먹고 춤을 추었습니다. 더
불어 할머니에게 예쁨을 받았습니다.

유진이는 자신을 도와줄 수 있는 사람이 생각보다 많다는
사실을 알게 됐습니다. 누군가의 적극적인 도움, 몸 둘 바를
모를 정도로 전폭적인 협력을 경험한 사람과 그렇지 않은
사람이 향후의 인생을 맞이하는 마음가짐은 천지 차이로 다
를 테니 그것만큼은 좋은 일이 아닐 수 없습니다. 또, 항만시
에서는 드물게 학교의 썩은 구석을 드러내고 바뀌도록 이끈

여중생이란 타이틀도 얻었지요. 일단 항만여고나 항만중의 여자 학급들, 그리고 초등학교에서조차 유진이는 퍽 유명해져서 디엠을 통해 이런저런 고민 상담을 해 주나 봅니다. 아, 물론 인스타 팔로워도 훌쩍 늘었고요. 주로 여학생입니다.

지혜는 그 여대 신문방송학과에 다니는 언니에게 멘토링을 받는다는 모양이에요. 원래 그 언니가 돈을 한 푼도 받지 않으려 했는데 지혜가 그럴 순 없다고 난리를 쳤답니다. 결국 커피 기프티콘 정도를 받고 온라인으로 일주일에 한 번씩 해 주고 있답니다.

아진이는 배에 송곳 박아 넣고 싶다던 그 교사에게 결국 거세게 대들고 말았습니다. 옆 반에서 수업하다 말리러 온 쌩초에게까지 쌍으로요. 두 교사들은 펄펄 뛰었지만 아진이는 아무런 처벌도 받지 않았다는군요. 사실 처벌을 받는다는 게 웃기지 않아요? 교칙도 없는데 말입니다. 아진이는 툭하면 그때 그 상황을 재연하면서 신나게 어깨춤을 추곤 합니다.

은희 씨는 교훈을 얻었습니다. 자신에 대해 반성할 수 있는 기회도요. 사실 어른이 되면 그런 기회를 얻기가 진짜로 힘들거든요. 대부분 자기만의 세상과 가치 판단에 완전히 갇혀 모든 탓을 남에게, 특히 자신보다 더 약한 자에게 돌리려 들곤 하죠. 그러나 은희 씨는 더 단단한 어른, 자기가 그려 왔던 좋은 어른의 상에 조금 더 가까워질 기회를 얻게 된 거나 다름없습니다. 이랬는데도 제자리걸음한다? 본인이 싫어하는 꼰대들이랑 똑같아지는 거죠.

직장에서는 힘든 일이 많을 겁니다. 그렇지만 견뎌 낼 거예요. 저는 그렇게 생각합니다. 새 중학교가 생기면 그쪽으로 갈 시도도 해 볼 모양이에요. 저녁마다 공립 임용고사 공부를 하기 시작했습니다. 그런데 머리가 굳어 자꾸만 까먹는다고 울상입니다.

명익이는 항만중으로 복학하게 될까요? 알 수 없습니다. 다미랑은 헤어졌는데 복학하면 다미와 같은 학년이 되겠지요. 아마 명익이는 견디지 못할 겁니다. 제 생각엔 1년 유급한 후 다른 도시로 전학을 가게 될 것 같아요. 그렇다면 은희 씨도, 명하도 함께 갈까? 그건 잘 모르겠어요.

명하는 무단결석이 며칠 기록되었으니 은희 씨가 원하던 대로 옆 광역시의 '좋은' 선발형 고등학교에 진학할 가능성이 희박해졌습니다. 그냥 항만여고로 가고 싶다고 은희 씨를 설득하더라고요. 가족이 이사를 해도 자기만은 항만시에 남고 싶다고 합니다. 대체 왜? 은희 씨가 묻자 명하는 대답했죠.

"내가 왜 도망가야 해? 나는 아무 잘못도 없는데?"

물론 명하의 말도 맞지만 저는 사실 명하의 속마음을 알고 있어요. 명하는 아진이가 부러운 거죠. 자기도 얼른 집 떠나 자취하고 싶은 겁니다. 척 하면 척입니다. 아진이네 자취방이랑 옥상에 놀러갈 때마다 부러움이 뚝뚝 떨어지는 눈빛으로 그 집을 휘 둘러보는 게 다 느껴지는데요 뭐.

〰〰〰

저에게는 집이 생겼습니다.

세 사람이 어느 날 목공예 공방에 갔다 오더니 새집을 만들어 왔거든요. 지붕이 있어 비바람을 막아 주고 안에는 천이 푹신하게 깔려 있어요. 심지어 휴대용 선풍기 거치대도 있었습니다. 이게 무슨 일인가요.

"명하 넌 그 현장을 직접 못 봤으니 절대 몰라. 얘가 얼마나 천재 조인지."

은희 씨의 말에 명하는 키들키들 웃었습니다. 아마 집의 대부분은 손재주가 좋은 명익이가 만들었다죠. 색칠도요. 은희 씨는 제가 다치지 않도록 그 안을 매끄럽게 마감하고 천을 덧댔고요. 고소 공포증이 없는 명하가 베란다에 직접 새집을 매다는 역할을 했습니다.

"편할까 모르겠네."

은희 씨가 중얼거렸습니다. 안 편해도 편한 척 살 거예요, 턱끈펭귄 보란 듯. 저는 '쨱쨱'으로밖에 안 들릴 대답을 하며 새 집에 들어가 보았습니다.

아! 잘 만들었네요. 푹신하고 따뜻하게 알 품을 곳까지 따로 마련되어 있잖아요? 솔직히, 조금 감격했습니다. 이 집, 잘하네.

너무 편해서 잠깐 졸았던 걸까요. 갑자기 우렁차게 터지는 명하 목소리에 놀라서 잠이 깼습니다. 머리를 그만 천장에 부딪치고 말았어요.

"아, 장명익, 쓴 수건 다시 걸지 말고 빨래통에 좀 넣으라고!"

저 대사는 예전에도 들었던 것 같은데…… 제가 꿈을 꾼 건 아니겠지요. 그때 한껏 풀죽은 명익이의 목소리가 들렸습니다.

"미안해."

당황한 명하의 목소리도요.

"야, 너가 그렇게 저자세로 나오면 내가 뭐가 되냐. 민망하게시리."

조금 아프긴 했지만 다시 따뜻한 둥지에 몸을 묻으며 킁킁, 이불 냄새를 맡았지요. 처음 가져 보는 섬유 이부자리의 느낌이란…… 안온하다는 말의 뜻이 이런 거군요.

한때는 모르는 척할걸, 하고 생각했어요. 그러면 편한 조생 살 수 있었을 거라고 후회하기도 했어요. 누군가는 저들과 친해지지 말라고, 분명 상처받을 거라고 악담했어요. 그랬다면 절대 맛보지 못했겠죠.

지금과 같은 조생 최고의 순간을 말입……

"엄마, 장명익이 밥그릇 물에 안 담가 놓고 그냥 갔대요!"

……니다.

작가의 말

——

저는 청소년 시절 굉장히 불행했던, 그 어디에서도 안전히 머물 공간을 갖지 못했던 사람입니다. 그때 죽어 버리지 않은 게 조금 신기하고 또 대견하기도 합니다.

사표를 내기 전 교사 생활을 몇 년간 하면서 청소년 시절의 저였다면 절대 상상할 수 없었을 정도로 행복해 보이는 가정에서 자란 아이들을 만날 때가 있었습니다. 그러나 슬프게도, 학부모 상담을 하면 또 달랐어요. 아이가 사랑하는 부모의 모습이 아이가 없을 땐 사뭇 달라지는 경우들이 있었고, 그때부터 저는 사람이란 대체 몇 겹의 층으로 빚어 구워진 엄마손파이 같은 존재인가, 궁금해하기 시작했습니다.

이 이야기는 그 궁금증의 결과물입니다. 은희 씨와 명하,

명익이 남매를 힘든 상황에 떨어뜨려 미안한 마음은 가득해요. 그러나 불편하다며 눈 돌리지 말고, 직시하며 기록해야 할 문제들이 우리 사회에는 언제나 존재합니다. 더불어 '저런 일은 본 적이 없어. 그러니까 신뢰도가 없어.'라고 무언가를 배척하는 순간 우리 모두는 가장 되고 싶어 하지 않았던 누군가가 됩니다. 그 말을 하고 싶었습니다.

설재인

소녀들은 **참지** 않아

초판 발행   2023년 8월 18일

지은이   설재인

책임편집   최윤희
마케팅   강백산, 강지연
디자인   이정화

펴낸이   이재일
펴낸곳   토토북
주소   04034 서울시 마포구 양화로11길 18, 3층(서교동, 원오빌딩)
전화   02-332-6255
팩스   02-6919-2854
홈페이지   www.totobook.com
전자우편   totobooks@hanmail.net
출판등록   2002년 5월 30일 제10-2394호
ISBN   978-89-6496-505-4 43810

· 잘못된 책은 구입하신 곳에서 바꾸어 드립니다.
· '탐'은 토토북의 청소년 출판 전문 브랜드입니다.